그날 본 꽃의 이름을 우린 아직 모른다

下

오카다 마리

**츠루코
츠루미 치리코**

성실한 우등생. 취미는 독서. 유키아츠와 같은 학교에 다니고 있다.

**유키아츠
마츠유키 아츠무**

얼굴도 잘생기고 집안도 좋아서 어렸을 적부터 고생한 적이 없다. 덤으로 머리도 좋다. 입시 전문 고등학교에 다니고 있다.

**포포
히사카와 테츠도**

옛날에는 몸이 작아서 모두의 동생 취급이었으나, 지금은 건장하게 성장했다. 고등학교에 들어가지 않고 세계를 유랑하며 살고 있다.

**아나루
안조 나루코**

화사하게 꾸민 현대 여고생처럼 보이지만, 사실은 고등학생 때부터 이미지를 바꾼 케이스. 진땅의 동급생.

**진땅
야도미 진타**

옛날에는 소꿉친구 그룹의 중심적 존재였지만, 고등학교 진학 이후로 학교에 잘 나가지 않고 집에 틀어박혀 지내는 중.

언제나, 언제까지고
우리는 사이좋은 친구들——

옛날에는 사이가 좋았던 소꿉친구들.「초평화 버스터즈」를 자칭하고 언제나 함께 다녔던 여섯 아이들도 고등학생이 된 지금은 뿔뿔이 흩어졌다. 방구석 폐인 기미가 있는 '진땅'. 날라리 기질이 있는 친구들과 어울리느라 필사적인 '아나루'. 입시 고등학교에 다니는 '유키아츠'와 '츠루코'. 고등학교를 다니지 않고 세계를 유랑하는 '포포'. 그리고 홀로 옛날과 변하지 않은 소녀 '멘마'. 난데없이 진땅의 앞에 나타난 멘마가 "소원을 들어줘."라고 말한 것을 계기로, 여섯 사람은 다시 한 자리에 모이기 시작하지만…….

~멘마
혼마 메이코

전체적으로 하얗고, 어딘가 덧없는 인상을 주는 소녀. 천진난만한 성격이고, 여섯 아이들 중에서는 마스코트적 존재.

 목 차

그날 본 꽃의 이름을 우린 아직 모른다

下

오카다 마리
Mari Okada

기억의 구멍

《구멍》이 뻥 뚫려 있다.

비밀기지 뒤편에 있는 큰 나무에 난 《구멍》.

한없이 계속되는 어둠은 저세상까지 이어져 있는 것 같은데.

그곳에서, 소녀가 보고 있다.

그 눈에서는 일말의 감정을 읽을 수 없다. 무서운 나머지 《구멍》에 꾸역꾸역 돌을 채워 넣는다.

이러면 괜찮을 것이다. 다소 안심하고 뒤돌아보니,

돌과 돌의 틈새에서, 소녀가…… 멘마가 보고 있다.

더 무서워져서 《구멍》에 돌을 한가득 넣기 시작한다. 멘마에게 돌을 던질 수는 없으니까. 그날, '다시 만날 수 있기를.' 하고 빌지 말았으면 좋았을 것을.

멘마는 《구멍》에 있다.

그날부터 지금까지, 숨을 죽인 채 그곳에 있다.

그날 이후의 우리

"요-요- 웰컴! 커피 마실래?"

"아, 응. 땡큐."

비밀기지에서 마츠유키의 비주얼 쇼크가 발생한 밤으로부터 일주일이 흘렀다.

그날 이후로 아침과 밤이 정말 짧았다.

멘마가 있는 아침, 멘마가 있는 밤, 대수롭지 않은 잡담이 계속 이어지고, 난리법석을 떨거나 장난을 지서나 하다가 지쳐서 잠이 들고, 그런 식으로 시작되고 끝나는 하루가 존재한다는 사실이 무척 신선했다.

한편, 그날 이후의 낮은 너무 길었다.

학교에 가려고 해도 발이 떨어지지 않고, 그래도 멘마에게 학교를 안 간다는 것을 들키기 싫어서 온종일 주변을 어슬렁

어슬렁…… 서점도 한 군데밖에 없고, 만화방도 없고, 오락실은 옛날에 망한 동네를 돌아다니는 것도 한계가 있다.

하는 수 없이 사흘 전부터 비밀기지에 죽치고 있는 나.

처음에는 다소 거부감을 느꼈지만, 포포는 옛날과 하나도 변하지 않았고, 산속은 산 아래 동네보다 훨씬 시원한 바람이 불어서 금세 마음이 편해졌다. 학교에 가지 않는 나 자신이 한심하지만, 집에만 틀어박혀 지내는 나날보다 몇 단계는 진보했을지 모른다.

비밀기지의 소파에 털썩 앉으니 먼지가 살짝 피어올랐다.

"있잖아, 멘마는 어떻게 지내?"

"글쎄…… 평범하게 지내지 않을까?"

평범한 구석이 하나도 없는 관계를 가지고 일부러 그런 말을 툭 내뱉어 본다.

멘마가 돌아왔다는 사실.

더군다나 지극히 멘마답게 태평스러운 나날을 보내고 있다는 사실.

그 현실을, 초평화 버스터즈의 멤버들은 믿었을 테지만, 그렇다고 우리 집에 찾아오지는 않았다.

'멘-마, 노-올-자.' 처럼은 되지 않았다.

평범한 일상을 훌쩍 뛰어넘고 만 위화감을 쉽게 극복할 수는 없으리라. 하긴 그러겠지. 나도 처음에는 당황했으니까.

게다가 내 눈에는 멘마가 보이지만, 다른 멤버들에게는 보이지 않고.

"자."

포포가 내민 것은 츠루미에게 받은 머그컵이다. 각각 모양새가 다르지만, 어느새 포포는 '내 전용' 컵을 정했나 보다. 반드시, 언제나, 똑같은 컵에 커피를 타 준다.

나도 어느덧 '포포'라고 별명으로 부르는 게 표준이 되어 있었다. 마치 그 시절처럼.

"저기 말이야. 나는 있지, 좀 폭넓게 생각하고 있는데."

"왜 그래, 포포……… 어?"

포포는 난데없이 내 앞에 딱 정좌했다.

"멘마의 소원── 진짜로, 진심으로, 꼭 들어주자."

"뭐……?"

진심으로, 꼭 들어준다.

"예전에는 진심이 아니었단 소리야?"

"아, 아니! 그런 뜻은 아니라고……. 하지만."

말끝을 살짝 흐리는 포포. 그래도 어렴풋이 알 것 같다.

포포가 지금껏 '소원을 들어주고 싶다.'고 한 것은 필시 무덤에 바치는 꽃과 비슷한 것이리라. 멘마를 향한 마음이 강하면 강할수록 더 크고 예쁜 꽃을 바치고 싶은, 자기 자신을 납득시키기 위한 무언가.

하지만 현실에서 멘마의 존재를 느끼게 된 이후로는 '소

원을 들어준다'는 행위가 '멘마를 위한 일'로 직결된다. 그
날, 아무것도 해 주지 못한 채 단절되고 만 관계. 하지만 지
금이라면——.

"다른 애들도 멘마가 있다고 믿었으니까, 츠루코하고 유
키아츠도 불러서 해 보자고."

"유키아츠를……?"

그때 우리의 움직임이 딱 멈췄다.

뇌리를 스친 것은 동정해야 할지, 웃어야 할지, 겁먹어야
할지 알 수가 없는 강렬한 모습.

……아니지. 웃을 수 없다는 것은 잘 안다. 그때도 웃을
생각은 추호도 없었다.

하지만 솔직히, 최근 일주일 동안, 목욕할 때나 화장실을
갈 때나, 심지어 멘마와 밥을 먹을 때까지 문득 떠올리고 말
아서…… 정말이지 복잡한 심경이다.

유키아츠가 함께 행동할 것 같지는 않다.

그런 모습을 우리 눈앞에 드러냈으니까.

"보통은 얼굴도 못 들겠지."

"그래, 얼굴도 못 들 거야……."

"절대로 못 들겠지."

나와 포포는 동시에 고개를 끄덕끄덕 움직였다. 미간에
주름 석 줄을 뚜렷하게 떠올리고서.

보통은 얼굴도 못 들 것이다.

진타와 포포의 예상을 뒤집고, 아츠무는 태연한 얼굴로 우등생 라이프를 담담하고도 조용히 소화하고 있었다.

자신에게 말을 거는 여자와 간단히 대화하고, 프린트는 티도 안 나게 신속히 제출, 식당에서 주문하는 것은 새우 볶음밥, 우동이나 당일 메뉴로 나오는 돼지고기 생강 정식이 아니다.

"정말이지 놀랄 노자네."

치리코의 입에서 나온 감상은 그 이상도, 그 이하도 아니다. 지극히 평범한 것이었다.

"그야 나도 놀랐으니까. 그런 걸 보고 뭔가 씌었다고 하는 거겠지."

"그런 것치고는 준비가 철저했잖아? 다리털까지 다 밀고."

"나는 애초에 털이 별로 없거든. 남성 호르몬이 적어서."

"그 변태 행위를 보고 놀랐다는 게 아니야. 어째서 아무렇지도 않게 일상에 복귀할 수 있어?"

"그럼 뭘 어떻게 해야 만족할 건데?"

"야도미 진타의 뒤를 잇는 초평화 버스터즈 두 번째 방구석 폐인."

"너는 내 신경을 건드리는 데 천재로군."

교사 뒤편, 새로 지은 학교답게 유난히 흰색이 눈에 띄는 벽에 몸을 기대고, 아츠무와 치리코는 점심시간을 보내고 있었다. 후배처럼 보이는 여학생들이 지나가면서 아츠무를 힐끗힐끗 보고 속닥속닥 떠든다. 반대로 치리코를 향하는 것은 적의가 깃든 시선.

"거봐. 나를 괴롭히니까 눈총을 사잖아."

"……그야 네 여장 사진을 뿌리면 저 시선도 싹 사라지겠지만."

"하긴."

"정말 보기 좋았어. 네 포커페이스가 흐트러졌을 때의 모습은."

"……생각해 보면, 초조함이 극에 달했을 테니까."

"뭐?"

아츠무 자신도 그 꼴을 초평화 버스터즈 멤버들 앞에 드러내는 것은 의도한 바가 아니었다.

첫 계기는 딸깍핀이었다.

치리코와 동네로 돌아오는 전철을 기다리는 동안 역 건물을 돌아다니고 있을 때.

메이코에게 줬을 터인, 그리고 본인이 받기를 거부했을 터인 딸깍핀과 정말 흡사한 머리핀을 발견했다.

아츠무는 반쯤 무의식중에 그 머리핀을 샀다.

옆에 치리코가 있고, 그 시선을 느끼고 있었음에도.

집에 들어오고 나서, 아츠무는 그것을 머리에 달아 봤다.

⋯⋯한심하다고 생각했다.

메이코에게 다가가기 위한 의식.

혹은 그날 자신을 받아들이지 않았던 메이코를 '덧씌우기' 위한 의식.

조금씩 수집한 메이코의 조각을, 아츠무는 조금씩 자신에게 반영하고 있었다.

거울에 비친 자신에게, 그날 자신이 '멘마에게 바치고 싶었던 말'을 거듭 중얼거리기도 했다.

그것은 너무나 의미가 없어서, 도리어 너무나 의미가 큰 것으로 변질되고 말았다. 아츠무는 어느새 '현재의' 메이코를 아는 사람은 자신밖에 없다는 착각에 빠졌다.

(왜냐면 멘마는 지금 현재 어디에도 없으니까.)

자신이 창조한 메이코가 그것에 가장 가깝다. 덧붙이자면 초평화 버스터즈의 멤버들 중 자신이 가장 메이코를 마음에 두고 있다고 믿었다.

그랬는데── 진타의 '멘마의 소원' 발언이 그 마음을 뒤흔들었다.

초조함이 극에 달했다.

한밤중에 벌인 기행. 보통은 치리코가 말한 것처럼 집 안에 틀어박히거나 자아가 붕괴될 우려가 있을 정도로 강렬한 사건이었다.

하지만 아츠무는 다소 안심했다.

아츠무 자신에게도, '현재의' 메이코는 너무 커져서 자신의 마음만으로 채 수습할 수 없었기 때문이다.

"그 원피스는 어쨌어?"

"아직 있어."

"아직도 미련이 남았어?"

"버렸다간 귀신이 되어서 나타나잖아?"

그 귀신이 메이코라면, 그리고 진타의 집이 아니라 자신의 집에 와 준다면…… 그런 생각을, 아츠무는 슬쩍 했다.

*

"끄응…… 뭐, 그건 그냥 넘어가자."

나와 포포는 마츠유키를 '그걸'로 치고, 일단은 방치하기로 했다.

머릿속에서 치우지 않으면 충격적인 영상이 다시 스치고 지나가서, 펄럭이는 원피스 치마 자락 아래로 보이는 튼실한 장딴지와 정강이에 딱 드러난 굵직한 남자의 몸매를 떠올릴 것 같았으니까.

"뭔가 단서가 없을까? 멘마의 소원이 뭔지 알 수 있는, 힌트 같은 거…… 왜 있잖아, 일기라든지."

포포의 발언을 듣고 고개를 벌떡 드는 나. 포포도 기억이 난 듯, 거의 동시에 말이 튀어나왔다.

"교환일기……!"

그렇다. 지금껏 까맣게 잊고 있었다.

우리는 여름이 시작되기 조금 전, 왠지 심심한 장마철부터 노트를 하나 빙빙 돌려서 쓴 적이 있었다…….

"교환일기를 시작하자!"

처음에는 안조가 제안하고 나섰다. 처음 보는 캐릭터가 그려진 노트까지 준비하고 콧김을 훅 뿜으며,

"사이좋은 애들은 누구나 한대! 도쿄 애들도 한다고 니콜라에 써 있었어!"

"뭘 그리 귀찮은 짓을."

남자들은 모두 싫어했다. 하지만 마츠유키는 멘마가 "할래, 할래!" 소리를 하니 "응…… 나쁘지 않을지도……?"라며, 지금 생각해 보면 정말이지 알기 쉬운 반응을 보였다.

그렇게 교환일기가 시작됐다.

안조는 유난히 또박또박하고 작은 글씨로, 마치 여름 방학 독후감을 쓰듯 착실하게 일기를 썼다. 읽으면 잠이 와서

무심코 패스했다. 포포가 쓴 것은 글씨가 지저분해서 읽을 수 없으므로 패스했다. 마츠유키는 내일 학교에 뭘 가지고 가야 하는지 메모 대용으로 써서 때때로 도움이 됐다.

멀쩡하게 쓰는 사람은 츠루미 정도였다. 담임이나 교장의 얼굴을 알기 쉽게 묘사한 그림을 그려서 모두가 웃음을 터뜨렸었다.

멘마의 일기는…… 별로 특이할 게 없었다, 없었던 것 같다.

솔직히 기억이 잘 나지 않는다. 다만 멘마의 특징, 둥글둥글한 글씨만이 머릿속에 속속 떠오른다.

그렇다. 결국 특별한 기억이 없었다. 왜냐면 금방 중단됐으니까. 그렇다. 교환일기 관련 기억에서 가장 뚜렷하게 기억나는 점은.

그것을 내가 중단시켰다는 것이다.

처음 몇 번은 별생각도 없이 어울려 줬지만, 역시나 귀찮아졌다. 그랬더니 안조와 츠루미가 따지고 들어서 점점 짜증이 났다.

"진땅, 교환일기 안 썼지!"

"몰라. 포포가 그런 거 아냐?"

"나, 나 아니야. 하늘에 맹세코 내가 아니야!"

내가 억지로 변명하고 책임을 떠넘기는 것을, 멘마가 둥글둥글한 눈으로 보고 있었다.

아아, 다 눈치챘나 보구나. 그래도 일기를 중단시킬 생각밖에 없었던 나는 잡아떼기로 했다.

마침 그날은 나와 멘마가 단둘이서 집으로 돌아가게 됐다.

모두가 제각기 볼일이 있으니 감기에 걸렸느니 해서, 둘이서 놀아도 재미가 없고…… 뭐라고 할까, 멘마와 둘이서만 있는 것이 묘하게 낯간지럽고 마음이 편하지 않아서, 곧장 집으로 가려고 마음먹었다.

휴경지 가장자리에 난 좁은 길을 일렬로 걷는 중에 멘마가 뒤에서 말을 걸었다.

"있잖아, 진땅."

"왜."

"진땅이 밀렸지? 일기."

"몰라. 포포한테 물어보라고……!"

"멘마는 있지, 화내지 않을 테니까. 애들한테도 얘기 안할 테니까. ……멘마한테 줄래?"

멘마가 한 말의 의미를, 처음에는 이해할 수 없었다.

어안이 벙벙한 나를 향해, 멘마는 천천히 다시 말했다.

"멘마한테, 줄래?"

"크아아아아! 역시 진땅이 밀렸던 거잖아! 너무해, 진땅. 순 악당이잖아!!"

그 시절과 달리 덩치가 커진 포포가 콧김을 씩씩 뿜는다.

"옛날 일이니까 그냥 넘어가."

"해피밀 세트로 넘어가 주마. 요새 원피스 시즌이라고!"

"아, 알았어."

"야호─! 기다려라, 행콕!!"

그나저나 멘마는 왜 그때 교환일기를 가지고 가려 한 걸까?

자신의 죽음을 예견해서? 친구들과의 추억을 조금이라도 가까운 곳에 모아두고 싶어서?

……그럴 리는 없겠지.

"하여튼, 교환일기는 멘마네 집에 있다는 거지?"

"아마 그렇겠지."

"그렇다면 멘마네 엄마를 만나보는 게 어떨까?"

"아……."

우리는 멘마의 장례식에 가지 않았다.

정확하게는 가지 못했다. 아버지는 그날 나를 도시마엔 유원지에 데리고 가려 했다. 휴일에는 언제나 어머니가 있는 병원에 갔는데도.

나는 가기 싫다고 했다.

학교에서 멘마의 장례식이 그날이라고 들었기에. 장례식에 가고 싶다고, 가고 싶다고, 가게 해 달라고. 지겹게 졸라 댔다.

아버지는 한동안 말이 없었지만, 결국에는 내 말을 들어 주었다. 내 머리에 손을 탁 얹고, "열심히, 열심히 사는 거다, 진타."라며, 어머니의 말버릇을 중얼거렸다.

아버지는 내게 검정 반바지를 입히고 장례식장으로 데려 갔다.

가는 도중에 나는 무슨 생각을 했을까?

멘마의 죽음에 관해 느낀 점은 정말 많았다. 하지만 '멘마의 장례식'이 갖는 의미는 잘 이해하지 못했으리라.

하지만 그 사실은 곧바로 진저리가 날 정도로 이해할 수 있었다.

나는 장례식장 입구 근처에서 친척으로 보이는 아주머니들에게 부축을 받으며 울부짖는 멘마의 어머니를 봤다. 화장을 하나도 안 했고, 머리조차 빗지 않았다. 치음에는 멘마의 할머니인 줄 알았다. 그 정도로 삽시간에 늙었다.

우리가 온 것을 알아차리고, 그곳에 있는 어른 몇 사람이 긴장했다.

멘마의 어머니가 눈물로 범벅이 된 얼굴을 들었다. ……그 얼굴은 지금도 잊을 수 없다.

악마란 분명 이런 얼굴을 하고 있으리라.

그런 생각이 들었다. 모든 힘이 빠져나간 듯한 허무와 모든 증오가 담긴 어둠을 동시에 얼굴에 덧칠하고.

"어째서, 네가 여기 있니?"

멘마의 어머니는 등에 얼음송곳이 박힌 듯 싸늘하게 중얼거렸다. 그리고 두세 걸음 이쪽으로 다가왔다.

친척 사람들이 황급히 멘마의 어머니를 붙들어 말린다.

동시에 멘마의 어머니가 입에서 악마의 주문을 흘렸다.

뭔가 말한 것 같았지만, 그때는 이미 들을 수 없었다. 그저 무서워서, 우두커니 서 있을 수밖에 없었다.

아버지는 말도 안 되게 머리를 팍 숙이고 나를 잡아당겼다.

매미의 울음소리와 멘마의 어머니가 흘리는 신음, 그리고 불경을 읊는 소리가 하나가 되어 따라온다. 그런데도 내 다리는 남의 것처럼 꿈쩍도 하지 않았다…….

멘마의 장례식에는 초평화 버스터즈 멤버들 모두가 참석하지 않았다. 우리 집처럼 다들 부모가 말렸을 것이다.

안 그래도 좁은 동네다. 그 뒤로도 멘마의 어머니와 길에서 마주치는 일이 있었다.

그래도 멘마의 어머니와 시선이 마주치는 일은 없었다.

서로 눈을 돌려서 그런 것인지, 아니면 멘마의 어머니

가…… 그날 이후로 아래만 보고 걸어서 그런 것인지.

"멘마네, 엄마를……."

포포의 제안을 듣고 되살아난 기억이 내 고개를 절로 숙이게 했다.

그야 멘마의 어머니에게 부탁하면…… 자식의 유품을 버리는 부모는 없을 터이니, 교환일기도 입수할 수 있을 터.

하지만——.

"그러지 마!"

"힉!?"

큰 소리가 나서 돌아보니, 안조가 서 있는 게 보였다.

"힉! 너, 너 말이야! 언제부터 있었어!?"

"화장실 참 오래 걸린다, 아나루."

"큭…… 그, 그야! 여기엔 화장실이 없잖아!"

"무슨 소리를. 뒤쪽에 구덩이 파 뒀잖아."

"그런 곳에서 어떻게 볼일을 봐! 다리가 있는 데까지 내려가서 공중 화장실 쓰고 왔거든!"

안조는 교복 차림이었다. 벽걸이 시계를 쳐다보니 아직 점심때다.

"……안조, 너. 학교는 어쩌고?"

"어? 뭐…… 오늘 아침은 좀 그럴 기분이 아니어서."

"요게 말이야, 나를 부르러 왔거든. 진땅네 집에 같이 안

가겠냐고. 멘마를 만나러 가자고 말이야."

"야! 말하지 말라고 했잖아!"

"좀 솔직해질 줄 알라고, 아나루."

얼굴을 새빨갛게 물들이는 안조를 보니 왠지 기쁘다. 하긴, 미지의 현상을 직시하는 게 조금 무서울 뿐, 다들 멘마를 마음에 두고 있다.

이토록 멘마를 생각해 주는 녀석들이, 이곳에 있다.

"거봐, 내가 뭐랬어."

"어?"

입에서 불쑥 나온 말에 안조가 반응했다.

"아…… 별일 아니야."

말하고 나서 멘마가 지은 '별일아니야 별 사람'의 호칭을 떠올리니 웃음이 확 나온다.

"뭐야, 야도미? 이상해."

있잖아, 멘마……. 역시 넌 투명인간이 아니야.

교환일기

"으응…… 심심해."

메이코는 진타에게 빌린 DS를 가지고 놀고 있었다. 5년 전 게임기보다 화면이 훨씬 깔끔해서 처음에는 기쁘기도 하고 신기하기도 했지만, 순식간에 질리고 말았다.

밖에는 대낮의 햇빛이 있을 테지만, 거실에는 창문이 하나도 없어 언제나 어스레하다. 진타가 있는 밤이 형광등과 수다 딕댁에 훨씬 더 밝다.

진타가 학교에 가지 않았다는 것은 어렴풋이 알고 있었다.

(진땅, 어디 갔을까……?)

학교에 가기 싫은 마음은 메이코도 이해할 수 있었다. 그런데도 '진땅이 학교에 가는 것이 멘마의 소원일지도.' 라고 무책임한 말을 꺼내는 바람에 진타에게 부담을 주고 말았다.

아츠무의 일도, 어머니의 일도 마찬가지다.

'무책임한 자신의 존재'가 아츠무에게, 어머니에게 상처를 줬다.

진타에게는 사과할 수 있다. 하지만 아츠무와 어머니에게는 그조차 불가능하다.

(왜 그럴까?)

노트를 펼쳐 펜을 쥐고 글씨를 써 본다. 그러나 그 글씨는 종이 표면의 살짝 위를 미끄러질 뿐이다.

메이코는 진타를 끌어안을 수 있다. 소금 라면도 먹을 수 있다.

그런데 어째서, 글씨를 쓰거나 목소리를 남기거나…… 모두에게 마음을 전할 수 없는 것일까?

(역시, 투명인간인 걸까?)

진타는 메이코를 '투명인간이 아니다.'라고 말해 주었다.

하지만 어쩔 수 없이, 어떻게 할 수도 없이, 메이코는 느끼고 말았다.

부모님과 동생이 있는 집으로 돌아갔을 때.

거실에서 컵을 떨어뜨렸다. 그것 하나만으로 조약돌을 던진 호수 수면에 생긴 파문처럼 험악한 분위기가 확 퍼졌다…….

자신은 이 세계에 '아무것도 남겨서는 안 된다'.

역시 자신은 이 세계에서 따돌림 받는 몸.

(너무해…….)

메이코는 떠올렸다. 초평화 버스터즈에 들어가기 전의 자신을.

머리와 눈동자의 색소가 희박한 탓에 유치원 시절부터 '가이진(外人)' 소리를 들었다.

메이코는 처음에 그 말의 의미를 몰라서 어머니에게 물어봤다. 어머니는 쓸쓸한 듯 미소를 짓고 "신경 쓰지 않아도 된단다."라고 대답했다.

답이 없는 대답.

마침내 메이코는 그 말이 외국인을 의미한다고…… 그리고 '바깥(外)의 사람(人)'이라고 쓴다는 사실을 알았다.

그 말에서 메이코가 연상하는 광경. 추운 겨울밤에 맨발로 문 밖으로 쫓겨나 적선처럼 뭔가 들어 있는 비닐봉지를 받는다. 그 안에는 바깥에서 생활하는 바깥의 사람을 위한 밥이 조금 있다. 깨소금만 뿌린 밥이다.

창문에서는 따스한 오렌지색 조명, 모두가 웃는 소리가 들려온다. 하지만 자신은 안에 들어갈 수 없다. 오늘은 개집에서 잔다. 메이코의 집은 개를 기르지 않으니 이웃집에 가서 개집을 잠시 빌리자. 언제나 마주치면 짖는 무서운 멍멍이다. 사이좋게 지낼 수 있을까? 물리지는 않을까? ──그런 자신을 상상하고, 메이코는 엉엉 울고 말았다.

진타를, 초평화 버스터즈 멤버들을 만나기 전까지, 메이코는 바깥에 있는 사람이었다.

하지만…… 초평화 버스터즈 멤버들은 자신을 정말로 평범하게 대해 주었다.

학교에 가기 싫은 진타의 마음은 이해할 수 있다. 진타는 지금 학교에서 '가이진'일지도 모른다.

하지만 지금의 메이코는 진타를 안으로 들일 수 없다. 왜냐면 메이코는 이 세계의 '가이진'이니까.

그토록 자상하게 대해 주었던 진땅에게 아무것도 해 줄 수 없는 지금의 자신.

처음부터 계속 혼자였으면 좋았을 텐데.

그랬으면 이렇게 외롭지 않았을지도 모른다. 초평화 버스터즈의 모두와 함께 있는 즐거움을 알아 버려서 혼자 있는 시간이 괴로워진다. 답답함이 두 배가, 세 배가 된다.

"진땅, 빨리 들어왔으면……."

딸랑.

"응……?"

활짝 열린 창에서 들어오는 바람.

시원하게 울리는 풍경 소리를 듣고 돌아보니, 진타의 어머니가 메이코를 바라보고 있었다. 불단에 놓인 영정, 그 작은 틀 안에서.

딸랑…… 딸랑.

"멘마."

그것은 기억이었다.

입욕제를 푼 목욕물처럼 매끈하고 습기를 가볍게 머금은 바람에 커튼이 흔들린다. 진타의 어머니는 혼자서 병문안을 온 메이코의 머리를 쓰다듬어 주었다. 그 손가락은 뼈만 앙상하고, 바늘이 꽂힌 자국은 보기 안쓰러웠지만, 그래도 그 감촉을 부드럽다고 느꼈다.

"너한테 부탁할 게 있단다――."

"어……라?"

메이코의 눈이, 그 초점이 흐릿해진다.

(부탁할 게 있는 사람은, 멘마가…… 아니야?)

＊

비밀기지에서 이어지는 다리를 건너 상점가 일각으로 나온다.

어쩌다 보니 나와 안조가 함께 귀가하게 됐다.

또각또각 시끄러운 뾰족굽 소리가 뒤에서 따라온다. 키는 나와 별 차이가 없는데도 보폭이 많이 다르다.

여자는 참 성가시구나…….

하는 수 없이 보폭을 좁힌다. 석양 아래에 진하게 늘어진 안조의 그림자에서 양 갈래로 묶은 머리가 총총 흔들린다.

그 그림자가 내게 뭔가 말하려고 하고 있다.

정말이지, 여자는 성가시다…….

그때 안조의 그림자가 움찔하고, 지금껏 없었던 흔들림을 보였다.

"저……저기, 저기 봐!"

"어?"

안조의 시선이 향하는 곳을 본다. 세탁소가 있다. 그곳에서 빨래가 가득 들어있는 봉지를 든 할머니가 나온다.

할머니치고는 곱상하다. 키가 훤칠하고, 고급스러워 보이는 치마 자락이 무릎까지 내려왔다. 실루엣만 보면 할머니가 아니라 젊은 여성처럼 보인다.

어째서 할머니처럼 보이느냐 하면…… 머리를 하나도 물들이지 않은, 순수한 백발이라서…….

"!!"

멘마의 어머니다.

하필이면 왜, 안조하고 있을 때?

그래도 언젠가 길에서 우연히 마주쳤을 때처럼 상대가 먼저 시선을 돌릴 줄 알았다. 그런데 하필이면 오늘…….

"진타 군하고, 나루코 양……?"

우리에게 말을 거는 멘마의 어머니. 긴장한 탓에 땀이 단번에 훅 쏟아져 나온다.

"아……아, 안녕하세요!"

긴장 때문에 이상한, 한심한 목소리가 흘러나온다. 멘마의 어머니는 내가 확연하게 긴장한 것을 아는 눈치이면서도, 여유롭게 미소를 지어 보였다——.

"자, 들어오렴. 조금 지저분하지만."

……어쩌다가 일이 이렇게 됐을까?

우리는 멘마의 어머니가 적극 권해서 멘마의 집에서 차를 대접받기로 했다.

"메이코도 기뻐할 거란다. 너희는 자주 놀러 왔으니까."

말도 안 되는 소리다.

멘마의 아버지가 무서워서, 우리는 벌벌 떨었었다. 인사해도 신문을 보면서 무뚝뚝하게 반응하지 않나, "밖에 나가 놀아라."라며 퉁명스럽게 말하지 않나.

그래서 이곳에 온 것은 두 번째…… 세 번째일까. 대충 그 정도다.

멘마의 어머니는 왜 이런 거짓말을 하는 걸까?

"메이코한테 인사해 주겠니?"

그렇게 말하고, 멘마의 어머니는 실내 한구석에 슬쩍 눈길을 줬다.

"!!"

그곳에는 불단과── 웃고 있는 멘마를 찍은 영정이 있었다.

내 곁에 나타난, 조금 어른스럽게 변한 멘마가 아니다. 기억에 남은, 기억과 똑같은 멘마…… 너무나 변한 게 없어서 오히려 다른 소녀로 보이는 그 얼굴에 웃음을 띤 채, 덩그러니 놓여 있었다.

"…………."

위장을 꽉 잡힌 듯 묵직한 통증을 느끼고 무의식중에 시선을 돌리고 만다.

안조도 같은 심정이었으리라. 등 뒤에서 격렬히 떨리는 마음이 전해져 오는 것 같다.

이유는 잘 모르겠지만, 나는 안조를 '내 편'이라고 생각했다.

고인을 추모한다는 기특한 생각도 없이 그저 손을 맞대고 종을 울린다. 그 일련의 동작을 체크하듯이 감시하던 멘마의 어머니는,

"너희한테 주고 싶은 게 있단다."

그렇게 말하고 미소를 지었다.

하지만 그 눈에는 우리를 노려보는 기색이 있었다──.

"잠시만 기다리렴……."

안내를 받아 발을 들인 곳은 휑한 오렌지색 방이었다.

벽지에 색이 있어서 그런 게 아니다. 가구가 하나도 없고, 창문 커튼까지 뗀 탓에 석양의 빛깔이 실내 구석구석까지 가득 퍼져 있다.

썰렁한 풍경과 후덥지근한 여름의 습도 사이에서 느껴지는 격차에 땀이 맺힌다. 어쩌면 식은땀일지도 모른다.

이곳이 멘마의 방이라고, 듣지 않았으면 몰랐을 것이다.

추억이 남을 만큼 이곳에 자주 온 적은 없지만…… 그래도 이곳은 인형이나 온갖 것들로 가득했을…… 터.

하지만 자신의 존재감을 여실히 드러내는 살풍경의 압력에 밀려, 이제는 아무것도 기억나지 않는다. 좌우지간 덥고, 그런데도 땀은 더 나오지 않아서…….

나와 안조는 얼굴을 마주 볼 수도 없었다. 그저 하염없이, 얼른 이 시간이 지나기만을 기도하고 있었다.

장롱을 뒤적뒤적 확인하던 어머니는,

"이게 전부란다."

그렇게 말하고 작은 종이상자 하나를 방 중앙에 놓았다.

"…………."

할 말을 잃었다, 는 것은 이런 걸 가리키는 말일까?

개봉된 상자 안에는 앨범 몇 개와 멘마가 그린 그림, 독후감 등이 있었다.

멘마의 어머니가 말한 대로, 멘마가 살아온 '모든 증거'

가 작은 상자 하나에 꽉 들어차 있었다.

"애 아빠가 있지, 메이코의 물건을 언제까지 가지고 있을 거냐고 하더구나."

멘마의 어머니는 온화한 미소를 거두지 않고 말을 이었다.

"그래서…… 이것 말인데. 사실은 보관하고 싶지만, 너희 물건이기도 하잖니? 돌려주는 게 나을 것 같구나."

멘마의 어머니가 상자 안에서 꺼낸 물건.

타이밍이 너무 좋다……. 아니, 나쁜 것일까? 그것은 마침 우리가 원하고 있었던, 우리의 교환일기였다——.

*

발길을 돌려 비밀기지로 돌아온 나와 안조는 포포에게 지금까지 있었던 일을 이야기했다.

포포는 "이건 당사자 모두가 동의한 다음에 읽어야 한다."며 마츠유키와 츠루미에게도 소집 메일을 보냈다.

"갑자기 불러도, 안 오는 거 아니야? 먼저 읽어 보자."

"안 돼. 이런 건 의식이 중요한 법이니까!"

"의식은 또 무슨 소리야? 게다가……."

마츠유키가 올 리가 없잖아? 그렇게 생각했는데…….

"수고가 많다."

······왔다.

때마침 역에 도착한 참이라고 한 마츠유키와 츠루미는 내가 질색하는 입시 전문 고등학교의 교복 차림으로 나타났다.

"교환일기를 찾았다며······?"

그딴 추태를 보이고 나서 처음 대면하는데도, 마츠유키는 언제나 그렇듯 상대를 깔보는 듯한 시선을 주었다. 분하니 조금 '픞' 하는 느낌의 표정을 지어 볼까····· 했지만, 결국 그만뒀다.

"다 모였구나! 그럼 얼른 교환일기를 봐 보실까······."

굵직하고 큼직한 포포의 손가락이 일기장을 넘긴다.

기지 내에 긴장감이 감돌았다····· 감돈 것 같지만, 분위기를 파악할 줄 모르는 포포는 아랑곳하지 않는다.

첫 번째 페이지에는 유난히 꼼꼼하게 글씨가 빼곡히 나열되어 있었다. 포포가 신이 나서 소리를 지른다.

"오오! 처음에는 아나루로 결정인가!"

"이상한 소리 하지 마!"

"이게 뭐지? 네 건 의미를 알 수 없는데. 인생을 살면서 힘든 일이 있어도, 생일 때는 축하하고 싶습니다. 왜냐면······."

"!!"

안조가 갑자기 얼굴을 새빨갛게 물들이고 허둥지둥 페이

지를 넘겼다.

"왜 그래?"

"아아아, 아무것도 아니야! 얼른, 멘마 걸 보자!"

페이지를 넘겨 나가는 안조. 그러자 이번에는 둥글둥글한 게 특징적인 글씨가 나타났다.

멘마의 글씨다.

"아…….."

다들 내용을 확인하지 않고, 한동안 멘마의 글씨에만 정신이 팔려 있었다. 그곳에 세월을 초월한 멘마가 나타난 것처럼 느낀 것이리라.

언제나 멘마를 보는 나까지 그런 기분이었으니까.

"아! 어디…… 오늘은 비밀기지에서 놀았습니다. 즐거웠습니다."

안조가, 멘마가 담당한 날만 골라서 소리 내어 읽는다.

"오늘은 고구마를 캤습니다. 즐거웠습니다."

"이, 이것도 참 의미를…… 알 수 있기는 하지만, 너무 대충대충 썼는데."

낭독이 계속되고, 멘마가 쓴 일기를 며칠 치 읽었다. ……하지만.

"재미있었다, 즐거웠다, 그것 말고 차이가 없잖아……."

"멘마는…… 글짓기 재주가 없었으니까."

괜스레 심각한 기분으로 교환일기를 접한 만큼, 엄청난

탈력감이 엄습해 온다.

"아, 이건 좀 다르네. 오늘은 다 같이 놀다가 넘어졌습니다. 아팠습니다."

"아, 여기도 좀 다른데? 오늘은 다 같이 진땅네 엄마를 보러 병원에 갔습니다……."

"!"

진땅의 엄마를……?

"병문안……이라."

"그러고 보니, 자주 갔었지. 다 같이 우루루——."

그렇다. 어머니가 그토록 위독하지 않았을 시절, 나는 툭하면 병원에 병문안을 갔다. 초평화 버스터즈의 모두와 함께.

물론, 어머니가 걱정되어서 그런 것도 있었다.

하지만 우리는 죽음에 대한 구체적인 이미지를 가지고 있지 않았다. 병원이라고 하는, 지금껏 우리 근처에 존재하지 않았던 곳으로 놀러 가는 것에. 그리고 지금은 없는, 병원 근처에 있었던 양돈장에서 돼지를 보고 "크다!", "냄새 나.", "꿀꿀." 소리를 하며 시끌벅적 떠드는 것에 소소한 즐거움을 느꼈다.

어머니는 언제나 우리를 웃으며 맞아 주었다. 어머니의 용태가 눈에 띄게 나빠진 것은 고작 두 달밖에 안 되어서 그 시절의 우리는 어째서 어머니가 계속 입원해 있는지 알 수 없었다.

"있잖아, 진땅네 엄마는 언제 퇴원해?"

병원에서 집으로 돌아오는 길. 안조가 그렇게 말하자 멘마가 눈을 반짝반짝 빛냈다.

"하느님한테 편지 쓰자! 진땅네 엄마가 얼른 낫게 해 달라고!"

"하느님한테, 편지를……?"

뚱딴지같은 아이디어였지만, 그것 참 좋은 생각이라고 곧바로 의견이 모였다. 잘 모르는 일이나 수수께끼 같은 일은 좌우지간 모두 하느님의 소관이다. 어린 시절에는 그렇게 생각했었다.

"근데 어떻게 하려고?"

끄응, 하고 다 같이 고개를 갸웃한다. 그때 포포가 뭔가 알아차렸다.

"진땅, 저거!"

낡은 게시판에 이웃 도시에서 매년 열리는 대나무 폭죽 불꽃놀이 포스터가 붙어 있었다. 불꽃이 꽃처럼 퍼지는 폭죽이 아니다. 대나무 통으로 종이 가루를 날리는 식의 원시적인 폭죽이다…….

"맞아! ……그때."

기억을 떠올린 나는 포포의 손에서 교환일기를 낚아채 페이지를 넘겼다.

"진땅?"

"다 같이 폭죽을 만들기로 했습니다. ⋯⋯어려워 보였습니다. 하지만 열심히 하겠습니다⋯⋯."

"아!!"

"맞아. 기억났어. ⋯⋯로켓 폭죽에 하느님에게 보내는 편지를 넣어서 전달하려고."

"우오오오, 굉장해! 이봐, 진땅. 이게 아닐까? 멘마의 소원 말이야!"

"⋯⋯⋯⋯⋯."

"맞아! 분명해. 그때 만들려다가 결국 못했잖아. 그치, 야도미? ⋯⋯아."

우리⋯⋯ 어머니를 위해서.

멘마가 쓴 '어려워 보였습니다. 하지만 열심히 하겠습니다.' 글씨를 무의식중에 슥 어루만졌다. 손가락 끝에서 멘마의 온기가 전해지는 것만 같았다.

만약 멘마의 소원이 이것이라면⋯⋯ 아니, 이것이 아니더라도. 멘마가⋯⋯ 모두가, 우리 어머니를 위해서⋯⋯.

"분위기가 무르익은 마당에 미안하지만, 안 될 거다."

마츠유키의 냉랭한 목소리를 듣고 고개를 번쩍 든다.

스마트폰을 만지작거리고 있던 마츠유키는 화면에 띄운 페이지를 내 눈앞에 들이댔다. 그것은 화약 취급법을 다루는 페이지였다.

"자, 이걸 봐. 폭죽에 쓰는 화약을 다루는 것은 '화약류 단속법'에 의거해 만 18세 이상이고 국가가 공인한 자격을 갖춘 자만이 할 수 있다……."

"켁, 진짜?"

"장난감 폭죽이라면 어떻게든 할 수 있는 것 같지만. 그것도 자격증이 필요해."

포포는 맥없이 그 자리에 털썩 주저앉았다.

"하긴, 생각해 보니 그러네……. 상식적으로 생각하면 폭죽도 자격증이 필수겠지……."

"……그래도."

"응? 왜 그래, 야도미?"

"이게 멘마의 소원이라면…… 나는, 들어주고 싶어."

무심코 입에 담았다.

모두의 시선이 일제히 내게 쏟아지는 것을 느끼고, 귀까지 확 달아오른다.

"아, 아니…… 그게 말이지. 그야 불가능하겠지만……서도……."

황급히 말을 얼버무리려고 했을 때, 포포가 고개를 들었다.

"아…… 맞다! 그게 이걸 말하는 거였군!"

"뭐? 그게 이거? 의미를 모르겠어."

"반년쯤 전에 말이야. 청소하다가 찾았거든!"

말하면서 실내 구석을 부스럭부스럭 뒤지는 포포.

"찾았다, 짜잔!"

그리고 앞으로 내민 그 오른손에는 둥글게 만 갱지가 있었다.

"로켓 폭죽을, 만드는 법……?"

갱지를 펼치자 지저분한 글씨와 도형으로 로켓 폭죽을 만드는 방법이 빼곡하게 그려져 있었다. 그러자 마츠유키가 어처구니없다는 듯 중얼거린다.

"이건…… 제정신인가?"

츠루미도 안경을 고쳐 쓰고 빤히 바라본다.

"폭죽을 많이 모아서 화약을 다 빼고, 하나로 모은다……."

"휴지 심에 넣는다 → 불에 타니까 안 된다…… 당연하잖아!"

"무서워! 애들 무서워!"

한바탕 갱지에 그려진 황당무계한 폭죽 제작법을 갖고 소란을 떨고 있을 때, 마츠유키가 불쑥 입을 열었다.

"하지만…… 옛날에는 이걸로 될 줄 알았지."

"그러게. 옛날에는 이래도 정말 날릴 수 있다고 믿었어……."

갱지에 그려진, 볼품없는 로켓 폭죽.

진짜 로켓처럼 커서, 도저히 폭죽 모양새가 아니어서.

하지만 축제용 로켓 폭죽보다 훨씬 폼이 난다고, 훨씬 강하다고 생각했었다. 이것으로 구름을 뚫고 하늘 위로…… 하느님이 있는 곳까지 날릴 수 있다고 믿었다.

"고등학생은 무지 어른처럼 보여서, 뭐든지 할 수 있을 줄 알았는데……."

"응. 그 시절이 지금보다 더, 뭐든지 가능했던 것 같아──."

왠지 어린 시절의 우리에게 진 기분이 들어서, 우리는 그저 멍하니 갱지를 바라보기만 했다.

그 침묵을 깬 것은 포포였다.

"……해 보자고."

"어?"

"내가 일하는 곳에 말이야! 축제 때만 폭죽을 만드는 아저씨가 있어. 내가 물어볼게!"

"정말로!?"

포포의 발언에 그 자리의 분위기가 다시 고조……될 줄 알았는데.

"잠깐만. 야도미, 일단은 멘마한테 먼저 확인해 보는 게 어떠냐?"

마츠유키의 발언이 분위기를 가라앉혔다.

"어? ……멘마한테?"

"그래. 전문가를 끌어들여서 본격적으로 폭죽을 만든다고 해도. 그게 네가 말한 '멘마의 소원'이 아니면 말짱 헛수

고잖아?”

마츠유키는 얇은 입술을 짓궂게 일그러뜨렸다.

뭐라고 대꾸해야 좋을지, 한순간 망설였다. 괜한 소리를
해서 마츠유키에게 또 상처를 받는 것은 싫었고, 반대로 마
츠유키에게 상처를 주는 것도 사양하고 싶었다.

하지만 오랜만에 어린 시절 멘마의 글씨를 보고, 멘마의
마음을 접하고…… 나는 쓸데없는 생각을 안 하기로 했다.

“……다음에 다 같이, 멘마를 보러 와.”

“뭐……?”

“모두와 만나고 싶어서, 외로워하고 있거든.”

“………….”

대답은 금방 돌아오지 않았다.

얼마 후 포포가 “그러자!” 하고 활기찬 소리를 냈지만, 비
밀기지에서 ‘옛날의 멘마’를 떠올리는 것에 저항감이 사라
졌는데도, ‘지금의 멘마’를 어떻게 대해야 할지는 다들 감
을 잡지 못해 난감한 눈치였다——.

＊

“야도미의 집에 갈 거라면, 나도 못 갈 것은 없어.”

옆에서 치리코가 말을 걸자 아츠무는 시선을 내렸다. 비
밀기지에서 내려오는 완만한 비탈길. 여름과는 확연히 다른

초가을 벌레 소리가 시냇물이 졸졸 흐르는 소리를 덮으며 울려 퍼진다.

"보호자가 없어도 친구네 집 정도는 놀러 갈 수 있어."

"친구? 야도미가 말이야?"

비아냥거리는 의도가 담긴 말에 숨겨진, 묘하게 아픈 구석을 치리코가 찌른다. 그 말에 재치 있게 대답하고 싶어도 머릿속이 너무 복잡했다.

아츠무는 그저 입을 다물었고, 치리코도 그 이상 추궁하지 않았다.

울창한 밤중의 숲, 나무 이곳저곳에 들러붙어 있는 무참한 기억. 바비큐 파티가 있었던 밤하늘에 그려진 불꽃의 ∞ 마크는 아츠무의 마음에 깊이 새겨져 지워지지 않는다.

초평화 버스터즈의 마크. 영원히 친구라는 증표.

메이코가 정말로 존재한다. 아츠무는 그 사실을 더 의심하지 않았다.

그 마크가 하얀 원피스의 연장선상에 있다고 느꼈다. 지나치게 강한 집착은 언젠가 '진짜 멘마'에 다다르고 만다.

충분히 있을 법한 일이다.

그래서 아츠무는 진타의 집에 가는 것이 두려웠다.

메이코에게, 아슬아슬한 거리까지 다가가면…… 메이코 다음으로 사라지는 것은 자기 자신이 될 것 같았다.

＊

"하아……."

집에 돌아온 나루코는 곧바로 침대에 몸을 파묻었다.

교환일기를 비밀기지에 두고 온 것에 대한 후회. 하지만 자신이 관리하겠다는 말도 꺼내지 못했다.

자신이 쓴 일기 내용은 완전히 잊고 있었지만, 그 페이지를 본 순간에 똑똑히 떠올랐다.

『인생을 살면서 힘든 일이 있어도,

생일 때는 축하하고 싶습니다.

그야 쇼트케이크는 정말 맛있으니까.

언제라도 행복한 기분이 듭니다.

대단합니다. 케이크를 발명한 사람은 똑똑합니다.

분명 마음씨가 고운 사람일 겁니다.』

정말로, 한없이 의미를 알 수 없는 일기. 하지만 그 시절의 나루코가 큰마음을 먹고 쓴 일기. 엄청난 마음이 담긴 러브레터였다.

소녀 만화 속 여주인공의 행동을 통해 배운 지식. 세로 읽기.

그 문장을 첫 글자만 따서 읽으면 ＊'진땅 좋아해.'가 된다.

'진땅만 눈치챘으면.' 하는 아련한 기대를 가슴에 담고

---

*일본어로 인생(じんせい), 생일(たんじょうび), 그야(だって), 언제라도(いつでも), 대단하다(すばらしい), 분명(きっと)의 첫 글자를 이으면 이와 같은 뜻이 된다.

제출한 교환일기였지만, 가볍게 무시당했다.

다른 애들도 모를 줄 알았지만, 그때 비밀기지에서 치리코가 이쪽을 보고 다 안다는 얼굴로 웃고 있었……던 것 같다.

분명, 정말로, 들통이 났을 것이다…….

(그 시절의 나를 때리고 싶어. 저딴 방구석 폐인 따위한테.)

문득 진타를 떠올릴 때마다, 나루코는 언제나 방구석 폐인 소리를 연호했었다. 마치 효력이 강한 주문처럼.

안 그러면 점점 과거의 감정이 되살아날 것 같은 두려움을 느꼈다.

왜, 그런 걸까?

진타의 관심을 끌고 싶어서 물들인 머리, 색칠한 손톱. 그것들은 어느새 '진타와 멀어지기 위한' 소도구로 변했다.

이런 나를, 야도미는 싫어할 것이다. ……나도 좋아하지 않으니까. 그러니 아무래도 상관없을 터인데.

침대 아래에서 휴대전화가 울리고 있다.

화면에 뜬 고등학교 친구의 이름…… 내키지 않지만, 진타를 계속 생각하기 싫어서 휴대전화를 집어 든다.

"여보세요, 무슨 일이야?"

휴대전화 너머에서 노래방의 음악 소리와 신나게 노는 소리가 들려온다. 오늘은 남녀가 모여서 노는 자리가 있었다. 나루코는 갈 마음이 없어서 불참했다.

"저기 말이야, 요우가 기다리고 있는데. 지금이라도 와."

"뭐? 못 간다고 했잖아."

그러자 멀리서 '억지로라도 끌고 와!' 라고 하는 남자 목소리가 들려온다. 난폭한 말투가 유달리 무섭게 느껴졌다.

그 탓인지 친구가 목소리를 낮춰 심각한 분위기를 만든다.

"요새 말이야. 나루코 너, 너무 따로 노는 거 아냐?"

"어……?"

"자꾸 그러면 찍힌다? 얼굴도 안 비치는 건 진짜 안 되거든. 잠깐만 나와."

"…………."

친구의 말소리가 나루코의 몸을 관통한다.

전화를 끊고 나서도 나루코의 정신은 아직 흐릿했다. 비밀기지에서 초평화 버스터즈 멤버들과 주고받은 말. 딱히 부담을 갖지 않고, 어떻게 보이든 신경 쓰지 않고, 툭툭 튀어나오는 자신의 말.

하지만 그렇다. 새 친구들과는 그럴 수 없다. 나루코는 생각한다.

진짜 내 모습으로 대하는 것은, 불가능하다. ……왜냐면 지금의 나는 '억지로 꾸민 나'이니까.

숨을 후 내쉬고, 나루코는 옷장을 열었다. 이미 밤 8시가 넘었지만, 지금부터 노는 자리에 얼굴을 내비치기 위해서.

야도미가 미워할 게 뻔한 자신이 되기 위해서.

기억의 구멍,
문득 떠오른 생각

《구멍》에 가뒀을 터인 멘마가 아무리 지나도 사라져 주지 않는다. 당연하다. 단순히 가두기만 했으니까.

더군다나 작은 돌과 돌 사이를 메꾸듯 목소리가 흘러나온다.

밤. 이불을 머리끝까지 뒤집어써도 멀리서 멘마의 목소리가 들려온다. 으응, 으응 하고, 신음하는 듯, 우는 듯한 목소리가.

어쩌면 좋을까? 이래서는 잘 수가 없다.

어머니가 그랬다. 잘 자지 않으면 많이 클 수 없다고.

그렇다. 이대로 가면 클 수도 없고, 어른도 될 수가 없다.

가두지 말고, 사라지게 해야 한다. 멘마를. 하지만 가여운 짓은 절대로 할 수 없다. 절대로 괴롭히면 안 된다.

그렇다. 이렇게 하자.

"멘마의 소원을, 들어주자."

＊

"……어서 오세요."

귀가한 나를 맞이한 멘마는 말꼬리가 늘어져 나긋나긋한 목소리와는 정반대로 뚱한 얼굴을 하고 있었다.

"그, 그래. 다녀왔어. ……뭐했어?"

"숨 쉬었어."

"애도 아니고."

……아, 애가 맞지. 속은 하나도 안 변했으니까.

"진땅네 아빠가 점심 먹으러 왔었어. 그러고 또 일하러 갔어."

"그렇구나……."

왠지 속이 켕겨서 멘마의 얼굴을 볼 수가 없다. 딱 봐도 나한테 화를 내고 있고…… 역시 내가 학교에 안 가는 것을…….

"어?"

난데없이 꾸욱, 멘마가 팔을 잡아당겼다.

"일로 와!"

"야, 왜 그러는데, 멘마?"

거실까지 나를 끌고 간 다음, 멘마가 손을 휙 놓았다. 그리고 갑자기 양팔을 벌리고, 짓궂게 씨익 웃었다.

"짜안!"

멘마가 가리키는 곳, 탁자난로 위에 놓인 것. 우리 집에서 가장 큰 하얀 접시에 울퉁불퉁 불규칙적인 형태를 지닌 베이지 색 덩어리가 수북이 쌓여 있다.

"이, 이건……."

"찐빵이야!"

"……!"

그 시절. 어머니가 종종 만들어 주었다.

학교에 가기 전에 간식으로 찐빵을 만들어 주겠다는 말을 들으면 모두에게 말하고, 수업 중에도 계속 기대가 되어서. 급식을 먹을 때도 더 달라고 하지 않고.

학교를 마치고 모두를 데리고 집으로 달려가 현관문을 열면 달콤한 향기가…….

"엄마, 그거 있어?"

"있단다."

웃음을 띤 어머니의 얼굴과 모락모락 김이 나는 찐빵.

정말 그립다…….

……라고, 있었던 일을 떠올려 봤지만, 눈앞에 있는 그것은 딱히 정겨운 형태가 아니었다. 모양새뿐만 아니라 냄새도 뭔가 이상하고, 만들고 시간이 지났는지 김도 나지 않는다.

하지만…… 멘마가 만들어 주었다.

"먹어 봐. 먹어 봐, 진땅!"

덥석. 한입 물어 본다.

"…………."

앞니에 닿는 말랑한 감촉, 그것과 조화를 이루듯 딱딱하게 섞이는 알갱이. 더 깊숙이 물면 녹을 것만 같은 혀의 감촉과 함께 입안에 확 퍼지는 바다의 내음…….

바다?

"……왜 진빵에 김이 들었어?"

"있잖아! 저녁이니까 간식 말고 '밥' 이거든! 밥맛이에요, 를 넣었어YO!"

다른 찐빵도 멘마가 말한 '밥 사양' 이었다.

찐빵 안에 감춰진 매실장아찌. 맛내기 가루. 그리고 멘마가 돌아오고 나서 유난히 좋아한, 떠먹는 라유…….

"이건 좀…… 독창적, 이네."

"헤헤. 마늘이 아삭아삭해서 맛있어!"

주방을 힐끗 본다. 공포의 맛이 탄생한 공장을.

설거지하지 않은 채로 아무렇게나 쌓인 조리 도구가 신감각 찐빵을 낳은 프로젝트X의 장절함을 말하고 있다.

……내가 밖에서 어슬렁거리고 있을 동안에 줄곧 이것을 만든 건가.

그야 한가했겠지. 멘마에게 DS를 주기는 했지만.

할 일도 없이 집에 틀어박혀 지내는 고통은…… 방구석 폐인인 내가 가장 잘 알 텐데도.

"맛있어?"

"응."

아무렇지도 않게 그 말을 입에 담았다. 맛있을 리가 없는데도.

하지만 맛은 상관없다. 멘마가 어머니의 찐빵을 기억해 줬다는 사실이, 외롭게 했는데도 원망하지 않고 웃어 준 사실이…… 한입 삼킬 때마다 멘마의 상냥함이, 위장 속에 천천히 퍼지는 느낌이 들었다.

"……그러고 보니까."

"응?"

"네 소원은…… 폭죽하고 관계가 있어?"

"폭죽?──아아!!"

멘마가 눈을 동그랗게 뜨고 외쳤다. 잊고 있었던 소원이 그것일지도 모른다며, 흥분한 투로 몇 번이고 거듭 말했다.

"근데 어떻게!? 굉장해, 어떻게 기억났어?"

"응. 포포하고…… 다 같이 네 이야기를 하다 보니까."

"에엑. 다 모였어?"

"어? 그, 그게 있지…… 그래. 어쩌다가 보니 그랬어, 어쩌다가."

"멘마도 모두 만나고 싶어!"

"그러게. 폭죽 만들 때 또 모이자고…… 아, 학교 끝난 다음에 비밀기지에 가자고 했으니까. 다음에는 너도 부를게."

이런 때에도 학교에 다니는 척하는 자신이 한심했지만, 멘마 앞에서는 어떻게든 체면을 차리고 만다.

"모두가? 폭죽을 만들어 준대?"

"그래."

"그렇구나…… 모두가……."

멘마는 문득 입을 다물었다.

그러나 곧바로 환하게 웃으며 신나게 떠든다.

"그럼 멘마는 그때까지 찐빵 만드는 연습 많이, 많이 할게! 그리고 있지, 모두한테 줄 거야!"

"그래."

"그리고 또 있지! 다 같이 찐빵을 먹으면서, 불꽃놀이 그림을 그리고. 또……!"

"……멘마."

"응? 왜?"

"눈물, 나오는데……?"

활기차게 소리를 지르면서도, 그 눈에서는 눈물이 주르르 흘러넘치고 있었다…….

"어라아? 왜? 슬프지 않은데, 기쁜데 왜……?"

"…………."

계속해서 흘러내리는 눈물을, 멘마는 손등으로 몇 번이고 닦고 또 닦았다. 부드러운 미소를 거두지 않은 채로…… 그 얼굴을 보면서, 나는 문득 기억을 떠올렸다.

어린 시절, 툭하면 우는 멘마가 싫었다.

하지만 울보라서 짜증이 난다는 것이 아니라…….

멘마가 우는 이유는 언제나 자신을 위한 것이 아니라 남을 위한 것이어서.

내가 울린 것 같은, 그런 기분이 들어서. 참을 수 없었던 것이리라.

밤이 깊어진다.

소파에 누워 침대 위에서 천천히 상하로 움직이는 멘마의 배를 본다. 참으로 포근한 시간이다.

지금껏…… 멘마가 사라진 그날 이후로 움츠러들었던 마음.

뭔가를 좋아한다거나, 즐겁게 느낀다거나 하는, 그렇듯 간단한 감정조차 잊었던 것 같다.

멘마의 소원을 들어주겠다고 해 놓고서, 나는…… 줄곧 가슴에 품었던 소원을 멘마를 통해 이루고 있다.

멘마를 만나고 싶어서 울며 빌었던 그날의 소원.

이처럼 당연해진 듯한 포근한 분위기 속에서 이룬 소
원⋯⋯.

"휴⋯⋯ 휴⋯⋯."

오늘 밤은 요새 들어 시끄러웠던 늦여름 벌레 소리도 들
리지 않는다.

멘마의 숨소리만이 밤에 울려 퍼진다.

잠든 멘마는 속눈썹이 길었다. 이런 시간이 쭉 계속됐으
면 좋겠다고, 문득 그런 생각이 들지만⋯⋯.

"⋯⋯보답을, 해야지."

이렇게 내 소원을 이루어 준 멘마에게.

남을 위해서 눈물을 흘리는 멘마를 위해서.

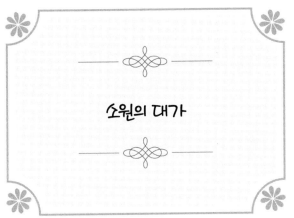

소원의 대가

"음, 뭐…… 어림잡아서 20만은 안 넘겠지."

포포가 아르바이트하는 곳의 윗사람 겸 폭죽 장인 아저씨는 굵고 짧은 손가락으로 담배를 비벼 끄면서 말했다.

"20만……!"

"에엑, 아저씨! 디스카운트 플리즈!"

"많이 깎아서 그 정도다."

"으…….."

폭죽을 만드는 아저씨의 집으로 향한 나와 포포는 현관 앞에서 서로 얼굴을 살폈다. 정체를 알 수 없는 작업 도구가 방치되어 있는 안뜰에서 아저씨네 집 고양이가 앞발로 메뚜기를 밟고 있다.

"으…… 일을 늘리면 어떻게든 되려나?"

"아, 포포. 나도 일할게……."

내가 꺼낸 말을 아저씨가 중간에 막았다.

"너는 고등학교 다니지?"

"네? 아…… 다니지는 않…… 학교 소속이긴 한데요."

"그렇다면 아르바이트 허가증이 필요하겠군."

"아르바이트, 허가증?"

"전에 말이다. 애를 현장에 들였더니 사고를 쳤지 뭐냐. 그 뒤로는 학교의 허가가 없으면 우리 현장에서 일할 수 없어졌다 이거다."

허가증이 필요……하다는 것은.

"학교에 가서 받아야 한다……는 건가."

무심코 중얼거린 나를, 포포가 빤히 보고 있었다.

"괜찮아, 진땅! 돈은 내게 맡기라고!"

돌아오는 길에 있는 자판기에서, 포포가 이유도 없이 커피를 사 주었다.

학교에 가서 아르바이트 허가증을 받아 온다.

어째서 그토록 간단한 일이 이토록 내 발목을 확 잡는 걸까? 어째서 나는 그토록 간단한 일에…….

"진땅은 리더니까, 뒤에서 지휘나 팍팍 해 달라고, 어때?"

"…………."

"게다가 멘마가 보이는 사람은 진땅밖에 없으니까! 멘마의 마음을 잘 보살펴 달라고. 그런 게 무지 중요하니까…… 오, 맞다. 아나루한테도 연락해 두자!"

휴대전화를 꺼내 안조에게 전화를 거는 포포……. 이건 아무리 생각해도 나를 배려하는 것이겠지.

"뭐야. 아나루 이 녀석은 전화도 안 받네."

"아직 학교에 있는 거 아니야?"

"아, 그렇겠네. 그럼 유키아츠한테 메일을 보내 보실까!"

그 시절에는 깍두기 취급이었던 포포에게 이렇게까지 도움을 받고.

나는 대체 얼마나 한심한 걸까…….

하늘은 아직 높았다.

오후부터 아르바이트를 하러 간다는 포포와 교차점에서 헤어졌다. 아직 날씨가 푹푹 찌지만, 불어오는 바람에서 조금 시원한 풀냄새가 난다……. 푸른 하늘에 떠 있는 큼직한 구름은 벌써 가을의 모양새를 하고 있었다.

"…………."

아주 작은 일조차 어려운 현재 상황.

하지만 멘마가 우리 곁으로 돌아온 것은 결코 작은 것이 아니다.

＊

이튿날 아침. 이런 걸 두고 관성이라고 하는 거겠지.

이를 닦고 세수하고. 요새 관례가 된 가짜 등교…… 준비를 하면서 집을 나서려는 내게, 멘마가 기묘한 소리를 다 했다.

"있잖아, 진땅. 미안해."

"응? 왜 미안한데."

"있지, 사과하는 건 공짜니까!"

"……공짜라면 할 필요가 없어도 일단 사과부터 하는 거야?"

"응, 그런 거야!"

어째서 멘마는 내게 미안하다고 했을까?

어쩌면 분위기를 보고 눈치챈 게 아닐까? 내가 아르바이트이니 학교이니 고민하고 있는 것을.

그렇게 멍하니 생각하면서 걷다가, 정신을 차리고 보니 통학로를 걷고 있었다.

"꺄하하……."

소프라노 톤의 웃음소리. 교복 차림을 한 학생들이 옆을 지나간다. 보폭을 상당히 넓게 해서 걷고 있는데도 점점 추월당한다.

신경 쓰지 마라. 관성이다. 그리고 평상심.

괜한 생각을 하면 학교에 갈 수가 없다.

학교에 못 가면 아르바이트도 할 수 없다. ……멘마를 성불시킬 수가 없다.

"진땅은, 최근에…… ♪"

기운을 북돋기 위해, 작게 노래를 흥얼거려 봤다.

내 억지 평상심은 상당한 성과를 거뒀다. 무려 현관 입구까지 온 것이다. 오랜만에 실내화 고무의 퀴퀴한 냄새를 맡는다.

"우와, 진짜로?"

"용케 태연한 얼굴로 학교에 왔네."

목소리가 들려온다.

역시나 평상심이 흔들리기 시작한다. 애초에 평상시의 내 상태가 어땠더라?

좌우지간 아래를 보면서 이동하자. 눈이라도 마주치는 날에는 그야말로…….

"걔 말이지? 1학년 3반의──."

"맞아, 안조 나루코!"

"!?"

나루코의 이름을 듣고, 전략적으로 숙이고 있었던 고개를 무심코 들고 말았다.

"!"

복도 너머에서 교사의 뒤를 따라서 뚱한 얼굴로 걷고 있는 안조가 보였다.

나와 눈이 마주친 순간, 안조는 곧바로 울상을 짓고 시선을 피했다.

교사와 함께 멀어져 가는 안조의 등에 학생들의 입소문이 쌓여 나간다. 다만 장소가 복도인지라 미묘하게 울리는 까닭에 말 그대로 '술렁이는' 소리의 집합체로만 들린다.

대체 무슨 일이지……?

소문의 내용은 금방 알 수 있었다.

교실은 온통 안조에 관한 이야기로 가득했다.

자신의 자리가 어딘지 잘 기억이 안 나서 근처에 있는 만만한 녀석에게 말을 걸어 보니, "저기가 비었다."고 알려 주었다. 내게는 별로 관심이 없었던 것 같다.

그래도 개중에는 "쟤 누구야?" 하고 눈치 빠르게 내 존재를 주목하는 여자도 있다. 하지만 그 주목에는 지속력이 없다. 오랜만에 학교에 온 별종. 그런 인간을 가지고 노는 것보다도 언제나 학교에 있는 녀석의 기행이 훨씬 구미가 당기는 듯하다.

안조가 저지른 짓—— 그것은.

"나루코도 참 운이 없지. 러브호텔 정도는 괜찮잖아?"

"학부형회 사람한테 걸렸대. 상대는 아저씨라던데?"

"원조교제~!?"

안조와 사이가 좋은 돼지고기 비슷한 여자들이 아까 내가 그랬던 것처럼 남들 눈을 피해 이야기하고 있다.

무슨 일이 있었는지 대충 상상이 된다.

하지만…… 그것과 믿는 것은 별개다.

안조가 러브호텔에 갔다니. 아니, 지금의 안조는 그래도 딱히 이상할 게 없는 외모이지만…… 그래도…….

그때 문이 드르륵 열렸다.

"모두, 자리에 앉자꾸나……."

오랜만에 보는, 무기력한 담임의 얼굴. 그 뒤에 노려보듯 시선이 허공을 향한 안조가 서 있다.

학생들의 시선이 일제히 그쪽을 향한다. 물론 내 시선도.

"아…… 수업 시작하마. 자, 안조. 너도 자리에 가 앉으렴……."

안조는 호기심 어린 시선의 바다를 모세처럼 가르며 왔다.

저 상황은 본디 내게 마련될 무대였을 텐데.

안조는 내 뒷자리에 앉았다. 그렇다. 이런 배치였을 것이다. 안조의 옆자리에 있는 돼지가 곧바로 몸을 살짝 내밀어 살갑게 말을 건다.

"운이 나빴구나, 나루코."

"…………."

안조는 돼지의 말을 무시했다. 돼지는 겸연쩍은 듯 자리에 도로 앉는다. 안조의 러브호텔 시긴과 모종의 관계가 있으리라.

"자, 교과서를 펴자꾸나……."

맥없이 교사의 말에 따라 나른하게 수업이 시작된다.

더는 내게 신경을 쓰는 사람이 아무도 없었다.

시원찮은 교사를 무시하고 안조를 힐끗힐끗 몰래 본다. 입소문 소리에 종종 섞이는 알기 쉬운 키워드, '러브호텔', '에로' 등. 그리고 웃음을 참는 소리…….

어떻게 이토록 부조리할 수 있지?

이러한 수난은 모두 내게 내려질 터였는데.

가끔씩 '방구석 폐인'이니 '별종' 소리가 들릴 때는 나도 모르게 덩실덩실 춤추고 싶은 지경이다.

등 뒤에서 샤프가 움직이는 소리가 들려온다. ——안조다.

이런 때에도 필기하는 건가? 겉모습은 저렇게 변했어도 여전히 성실하구나…….

안조는 옛날부터 정말로 머리가 나빴다. 언제나 다른 사람들보다 깔끔하게 필기했지만, 시험을 보면 점수가 낮았다.

그래도 역시 성실하게 필기하는 것을 그만두지 않고, 언제나 필사적으로, 작고 또박또박한 글씨로…….

"…………."

무의식중에 슬쩍 돌아본다. 안조가 걱정되어서…… 아

니, 그보다도 '안조의 노트'를 오래간만에 보고 싶었던 것일지도 모른다.

나 자신은 잘 몰랐지만, 그런 동작을 취했다. 그렇게 눈에 들어온 안조의 노트는 꼼꼼함이 눈곱만치도 없었다. 난잡한 글씨가 크기며 장소며 모두 무작위하게 나열되어 있었다.

노트에 있는 글자. '안 했다고.', '아니라고.', '멋대로 지껄이지 마.', '영원히 닥쳐, 죽어.' 그리고 구석에 작게 적힌 글자는──.

'도와줘.'

"!!"

안조는 최대한 뚱한 척하면서 샤프를 움직이고 있다.

그 소리는 이제 우는 소리로밖에 들리지 않았다.

"히히히……!"

어디선가 들리는 저속한 웃음소리에 안조의 어깨가 움찔 움직였다. 하지만 나도 움직인 섯은 마찬가지라서──.

덜컥!

"어……?"

정신이 들었을 때, 나는 일어나 있었다.

양팔을 크게 벌리고, 학급에 있는 모두에게 존재감을 피력한다.

"이것들아…… 나를 봐라!!"

"지…… 진타……?"

"나를 봐! 오랜만에 학교에 온 남자다. 입학식 이후로 오늘까지, 입학하고 첫 일주일밖에 온 적이 없다고. ……어때, 엄청 신기하지 않냐!"

담임은 그제야 내 존재를 알아차린 듯 황급히 출석부를 살핀다.

"어라…… 너는? 어디 보자, 야도미 군……?"

술렁이는 소리를 구성하는 말에 "쟤 누구야?", "야도미라는데?" 하는 소리가 뒤섞인다. ……수많은 시선이 내게 집중된다.

그렇다. 이 시선은 전부 내 것이다! 쉽게 내줄까 보냐! 하는 마음을 한껏 담아서, 안조를 손으로 척 가리켰다.

"이 녀석은 언제 어디서든 볼 수 있어. 러브호텔? 그런 걸로 호들갑이냐? 이 얼굴은 어딜 봐도 러브호텔 달인의 얼굴이잖아!"

"내 얼굴이 뭐 어때서!? 저, 저기 좀……."

"하지만 말이야!"

"!?"

이제는 멈추지 않는다.

귀까지 확 달아오르는 것을 느끼면서, 열기를 그대로 말에 싣는다.

"말해 두겠지만, 이 녀석에 한해 원조교제는 있을 수 없어! 이 녀석은 A형 처녀자리에, 안경녀고! 모험하고는 인연도 없는 안경녀에, 더럽게 성실하고, 더럽게 재미도 없는 여자고! 안경녀고…… 윽!"

"쓸데없는 소리 하지 마!"

황급히 나를 뒤에서 붙잡아 구속하는 안조.

그제야 정신을 차리고 보니, 내게 집중하는 호기심 어린 시선과 술렁임은 완전히 사라지고 없었다. 대신에 존재하는 것은 넋이 나가 입을 반쯤 벌린 얼굴들…….

"얘, 얘들아……."

"아! ……가, 가자, 야도미!"

"안조…… 야!"

안조에게 팔을 붙잡히고 넘어질 듯한 기세로 교실에서 나간다.

아무도 쫓아오지 않았다. 담임의 나른한 목소리만이,

"가, 가지…… 마렴……?"

가까스로 막는 '시늉'을 해 주었다.

＊

"아하하하하……!"

나루코는 웃음을 참을 수 없었다. 옆에서 뚱하게 있는 진타가 입술을 삐죽 내민 것이 어린 시절에 '삐진 모양새'와 완전히 똑같아서, 그 사실이 웃음을 한층 가속시켰다.

"나를 봐라! 가 뭐야. 아무리 생각해도 변태잖아!!"

"시, 시끄러워!"

공원에 있는 정자에 둘이서 앉는다. 아직 초등학교도 끝나지 않은 시간대. 텅 빈 공원에는 자신들밖에 없다. 그것이 맑은 하늘을 포함해 '허락된 장소'처럼 느껴져서, 나루코는 계속 웃었다.

"아하……하하. 배 아프잖아!"

맺힌 눈물을 검지로 훔친다. 오늘 아침부터 쓰라린 위장 언저리에 쌓여 있었던 답답한 감정이 웃음과 함께 배출되는 느낌이 들었다.

"……어쨌든 고마워."

"어……?"

"내 편 들어 줘서."

"안조…….."

"아…… 그치만! 러브호텔 달인은 아니야! 정말로 안 갔거든? 애초에 발을 들인 적도 없고!"

"네이네이, 알았어."

"뭘 알았는데!"

자신도 모르는 사이 형세가 역전됐다. 하지만 나루코는 그게 마음이 편했다. 공원 한구석에는 공을 가지고 놀 때 쓰는 펜스가 있었다. 거리가 뚝 떨어져 있었던 진타와 말을 쏙쏙 주고받을 수 있다. 여름 하늘 아래에서 주고받는 공처럼.

진타의 변화는—— 정확하게는 진타가 '옛날 모습'을 되찾은 것은.

(멘마가 돌아와서 그런 거야.)

나루코의 가슴을 줄곧 압박했던 감정.

(그날…… 내가 그런 소리를 안 했으면. 어쩌면 멘마는.)

그래서 메이코를 바로 보기가 괴로웠다. 하지만 정말로 돌아왔다면. 이대로 외면하고 있다가는 메이코를 '다시' 멀리 보내는 셈이 된다.

나루코의 가방 안에는 비밀기지에서 챙겨 온 교환일기가 있다.

"저기 있잖아……."

"응?"

"너희 집에 가도 될까? 애들 불러서."

한순간 황당한 표정을 짓고. 그러나 다음 순간, 진타는 정말 자연스럽게 웃어 보였다.

"아아…… 땡큐."

땡큐. 따스한 말씨. 고맙다는 소리를 들을 이유는 하나도 없는데.

그런 소리를 한 자신을 용서할 수 없었다. 진땅을—— 좋아했던 자신을 용서할 수 없었다.

어쩌면 그래서 일부러 진타에게 미움을 살 쪽으로만 방향을 틀었던 것일지도 모른다. 만에 하나라도 이토록 따스한 말을 들을 일이 없는 처지에 자신을 두고 싶었던 것일지도.

하지만 더는 도망치기 싫다.

메이코를 위해서도, 진타를 위해서도—— 자기 자신을 위해서도.

*

"아나루우우!!"

퍽. 멘마가 안조에게 돌진했다.

안조의 몸이 살짝 흔들린다. 그 표정이 희미하게 긴장한다.

"와아, 아나루의 엉덩이, 어른의 엉덩이. 많이 컸어!"

"하하…… 엉덩이 크대."

"저기, 야! 멘마!"

안조는 새빨갛게 되어서 멘마를 때리는 시늉을 했다. 긴장했던 표정은 순식간에 어디론가 사라졌다.

높이 든 팔은 엉뚱한 곳을 향하고 있다. 그래도 멘마는 신이 나서 머리를 감싸며 소란을 떨고…….

"안미안미!"

"그건 무슨 소리야……? 그럴 바에는 미안헨마가 낫지 않아?"

"무슨 소리야, 야도미. 미안헨마?"

"어? ……아."

"미안헨마? 미안헨마가 뭐야?"

요전번에 불발로 그쳤던 미안헨마를 꼼꼼한 안조가 건져 주었다. 다행……이라고 생각하지는 않는다.

"아…… 미안해, 를 변형한 거야. 멘마한테 미안……할 때만 쓰는 거랄까……."

"아하하! 뭐야 그게. 요만큼도 웃기지 않아!!"

"웃기지 않아YO!"

"안 웃기면 웃지 마!"

대화가 성립하고 있다.

안조의 눈에 멘마가 보이지 않는다는 것을 믿을 수가 없다. 신기하게도 마음이 편해진 내게, 인터폰 벨소리가 말을 걸었다.

"멘마, 실수했어. 찐빵 만들어 둘 걸 그랬어!"

여름에도 전원을 연결하지 않은 채 밥상으로 사용하는 고정식 탁자난로. 그 세 변에 딱 들어간 마츠유키, 츠루미, 안조…… 그 자리에 흐르는 침묵을 의식하면서, 나는 멘마에게 손을 잡혀 주방에 왔다.

"에에에, 그럼 있지. 컨트리 맘 있는데, 그거 꺼내도 돼? 손님 왔으니까!"

"네이네이…… 좋을 대로 해."

세 사람이 보이는 곳에 있는 주방 선반. 멘마는 주저하지 않고 그것을 열고 안에서 과자 그릇을 꺼냈다.

"!!"

"……아."

나는 등 뒤의 분위기가 변화한 것을 뒤늦게 깨달았다.

……완전히 잊고 있었다.

멘마가 접촉하고, 움직이게 한다. 이 초자연 현상을 세 사람이 똑똑히 목격한 것은 일전의 ∞ 불꽃 이래로 처음이다.

"자자, 드세요. 컨트리 맘이에요!"

멘마는 활기차게 말하면서 과자가 담긴 그릇을 거실로 나른다.

나는 멘마가 보이므로 기묘한 광경으로 비치지 않는다. 하지만 멘마가 보이지 않는 사람들의 눈에는 유령의 집이 따로 없으리라.

"아……."

츠루미가 동요하는 얼굴은 처음 봤다. 그래도 안조는 아까 말을 주고받은 실적이 있는 덕택인지 얼굴에 살짝 웃음을 짓고 있다.

"나도 컨트리 맘 좋아해. 전자레인지에 돌리면 맛있거든."

"전자레인지! 진땅, 전자레인지 돌려!"

"시끄러워, 그냥 먹어."

"뭐……? 딱히 부탁한 것도 아니잖아!"

"아, 방금 건 멘마가……."

그러자 묵묵히 그릇을 바라보고 있던 마츠유키가 중얼거렸다.

"멘마…… 거기 있냐."

"어? 아, 아아…… 응."

"있어요, 유키아츠! 여기야, 여기!"

"야, 멘마……!"

멘마는 유키아츠의 머리카락을 일부러 움직였다.

"머, 머리가……!"

츠루미가 무의식중에 소리를 질렀다. 드라이어를 쓴 것처럼, 마츠유키의 머리가 멋대로 흔들리고 있다.

"멘마! 자, 이쪽으로."

나는 황급히 멘마의 팔을 잡아당겼다.

"멘마…… 아직도 머리가 기냐?"

"응? 아아. 길다고 할까…… 이 녀석도 우리하고 비슷하게 성장했는데."

"!!"

또다시 분위기가 변화한다. 내게 시선이 쏠린다.

"성장했어? 무슨 말이야……?"

"그러게? 왜 그럴까?"

츠루미와 안조는 당혹스러운 표정을 짓고 있다. 그러나 마

츠유키는 눈빛을 한층 강하게 하고, 목소리를 낮게 깔더니,

"……미인이냐?"

"뭐……!?"

상상도 하지 못했던 쪽에서 날아든 말에 얼굴이 화끈해진
다.

"마츠유키! 너 말이야…… 그게 무슨 소리야! 이런…….″

말을 계속하려고 멘마의 얼굴로 시선을 옮겼을 때.

멘마의 둥그스름한 눈동자에── 스친 영상이 있었다.

그날. '멘마를 좋아하냐.'는 물음에 생각도 없이 무턱대
고 멘마에게 내던진 말.

"누가 이딴 호박을!"

지금껏 내게 들러붙은, 후회로 점철된 말…….

"야도미……?"

정신을 차리고 보니, 아직 모두의 시선이 내게 쏠려 있었
다.

멘마의 얼굴을 다시 확인하는 것은 부끄럽다. 일부러 다
른 쪽을 보고 입안에서 웅얼웅얼한다.

"……대, 대충, 그럭저럭, 미인……이라고 할까, 귀여
운…… 쪽?"

그러자 멘마가 목에 확 매달렸다.

"에에에? 그럭저럭이 뭔데!"

"시, 시끄러워…… 아!"

때마침 하늘이 도운 듯 휴대전화가 진동했다.

"자, 잠깐만! 메일이 와서……."

"메일?"

안조도 몸을 내민다.

"아, 히사카와야? 슬슬 온대?"

"아…… 뭐야. 아르바이트 때문에 나올 수 없대."

"에에, 포포 보고 싶었는데!"

포포가 보낸 메일에는 첨부 파일이 있었다. 열어 보니, '멘마에게 보내는 사랑'이라는 글자와 함께 입술을 쭉 내민 포포가 찍힌, 한없이 징그러운 키스 셀카밖에 없었다.

"이게 뭐야……."

"꺄하하하! 포포, 루주라야!"

좋아하는 멘마의 얼굴을 옆에서 보고 문득 지금 상황에 대한 긴장감을 잊을 뻔했지만, "멘마더러 답장을 보내라고 하는 게 어때?"라고 하는 마츠유키의 차가운 목소리에 곧바로 긴장감이 되살아난다.

"멘마가, 답장을……?"

"그래. 찐빵도 만들 수 있으니 휴대전화 메일 정도는 쓸 수 있겠지?"

"아…… 하지만."

멘마는 눈을 확 빛내고 내 손에서 휴대전화를 낚아챘다.

"그렇구나! 좀 빌려줘…… 저기, 이렇게 하는 거 맞지?"

멘마는 대충 흉내를 내서 액정 화면을 누르기 시작했다…… 하지만 역시나 반응이 없다.

"……아."

"할 수 없나…… 보네."

"있잖아, 멘마는 글씨 못 써? 필담이라든지."

"응. 시험해 보긴 했지만……."

그렇다. 멘마는 어지간한 것은 다 할 수 있다. 샤워기의 물을 틀 수도, 밥을 지을 수도 있다. 하지만…… 어찌 된 영문인지 감정을 형태로 나타내려고 하면 전부 헛나가고 만다.

"흐응…… 이유 같지도 않은 이유로군."

마츠유키는 노골적으로 미심쩍어하는 태도를 보였다.

"……그게 무슨 소리야."

"이상하잖아? 펜은 쥘 수 있는데 글씨는 못 쓰다니."

"뭐? 멘마가 거짓말한다고 말하려는 거야?"

마츠유키가 비꼬는 투로 말하는 것을 듣고 나도 모르게 언성이 높아진다. 그러나 마츠유키는 태연하게.

"네가 거짓말하는 게 아니냐는 말이다."

"무슨……!"

"유키아츠! 진땅은 그러지 않아!"

"자, 잠깐만! 둘 다 가만히 좀 있어 봐. ……아, 맞다! 내가 교환일기 가져왔어. ……자, 멘마. 이거야!"

퍼지기 시작한 험악한 분위기를 필사적으로 바꾸려고, 안조가 가방에서 일기장을 꺼냈다.

그러나── 멘마는 그대로 굳어 버렸다.

"이거── 엄마가 줬어?"

"아! 그, 그게 아니라…….''

내가 말을 흐리는 것을 알아챈 안조가 놀란다.

멘마가 왠지 자신의 부모님을 마음에 두고 있다는 것은 곁에 없으면 놓치기 쉬운 사실이다. 그래도 멘마의 어머니가 보인 분위기를 목격한 안조는 일기를 보인 행위가 '잘못됐다'고 금방 감지한 것 같다. 황급히 일기장을 가방에 도로 넣으려고 하면서,

"저, 저기. 미안해……. 역시…….''

"보여줘, 아나루!"

멘마가 일기장을 확 빼앗았다.

"아……!''

멘마는 일기장의 페이지를 넘기기 시작했다. 한 장, 한 장을 유심히 본다. ……안조도, 마츠유키도, 츠루미도. 그 움직임을 뚫어져라 지켜보고 있다.

"메, 멘마…….''

"아, 여기. '안녕하세요'를 '안녕하새요'로 썼어! 실수, 실수!''

멘마가 밝고 기운차게 말하고, 그대로 일기장에 딸린 작은 펜을 쥐었다.

"아……야! 멘마, 하지 마…….."

어차피 못 쓸 게 분명한데도, 그래도 멘마는 펜을 잡았다. 그리고 종이 위에 대고…….

"!!"

놀랐다. 펜의 궤적이 시원시원하게 그려져 나간다.

『안녕하세요.』

"멘마……!"

멘마도 눈을 깜빡깜빡하고 있다. 나보다 훨씬 놀랐을 터. ……하지만 아무 일도 아니라는 듯 활짝 웃더니.

"헤헤, 이제 똑바로 썼어!"

"…………."

그리고 나보다, 멘마보다 훨씬 놀란 것은 나머지 세 사람이다.

"멘마의 글씨…… 맞지?"

멍하니 '안녕하세요.'를 보고 있었던 안조의 눈에서 눈물이 흘러내린다.

"그러게……."

츠루미의 목소리는 왠지 두루뭉술하다. 감정과 목소리가 잘 연결되지 않는다.

그리고 마츠유키는…….

"멘마, 잘 지냈어? ……이렇게 말하는 것도 좀 이상하군."

"응! 있잖아……."

써 나가는 글씨는 '멘마는 잘 지내요.' 그것을 보는 마츠유키의 눈동자가 안쪽에서 희미하게 흔들린 것 같았다.

마츠유키는 고개를 들었다. ……웃음을 띠었다, 고 표현하기 미묘하게 히쭉 일그러진 입가. 침을 꿀꺽 삼키는 소리가 들리는 것도 같았다.

"그렇다면…… 교환일기, 다시 시작하지 않을래?"

"뭐……?"

＊

9월에 들어서 처음으로 살짝 싸늘한 느낌이 드는 황혼녘.

아츠무와 치리코, 나루코는 야도미 일가의 집을 떠나 나란히 걸어서 귀가하는 중이었다.

"멘마도 기뻐했지? 교환일기……."

자신의 그림자를 보고 나루코가 중얼거렸다.

아츠무가 제안한 뒤, 일기장의 페이지가 '와아아아아아.'로 도배되었다. 마지막에는 기묘하게 생긴 빵을 두 개 그리더니, 메이코가 친절하게 '브이 사인이에요.'라고 주석을 달았다.

"어떻게 교환일기에만 글씨를 쓸 수 있었던 걸까? ……추억이 담긴 물건에만 쓸 수 있는 걸까?"

"아, 그럴지도!"

치리코와 나루코의 대화를 듣고만 있었던 아츠무는 그 말에 미간을 찡그렸다.

(그걸 어떻게 믿어.)

멘마는 일기장에 딸린 펜으로 글씨를 썼다. 그렇다면 진타가 집에 있는 펜을 조작했을지도 모른다. 잉크가 나오지 않게 하는 식으로, 방법은 얼마든지 있다.

(그 녀석은 우리와 멘마가 의사소통하는 것을 막으려고 했다.)

아츠무는 그것이 가장 자연스럽다고 생각했다. 모든 것은 진타가 메이코를 독점하기 위함이라고.

"멘마와—— 이걸로 마음이 통하겠지?"

"마음이 통한다고?"

아츠무는 무의식중에 나루코를 노려봤다.

"글씨만 가지고는 마음을 알 수 없어. 쓰는 건 자유니까."

"마츠유키."

"뭐하면 물어보지 그랬어? '멘마가 죽은 다음에도 무럭무럭 자란 우리를 용서합니까?' 라고 말이지."

"!!"

나루코의 어깨가 크게 들썩인다. 그러자 치리코가 중간에

끼어든다.

"잠깐, 마츠유키……."

"멘마는 '괜찮아.' 라고 하겠지. 원래 그런 아이니까……. 하지만 그렇다면 왜 돌아온 거지? 용서하지 않으니까, 우리를 원망하려고 나타났다. 그게 가장 간단한 해답 아니냐?"

"그, 그렇다면 말이야! 왜 야도미 앞에만 나타났는데!?"

"…………."

아츠무는 무심코 입을 다물었다.

이제 메이코가 돌아왔다는 사실을 의심할 여지는 없다.

줄곧 메이코를 갈망했다. 메이코가 나오는 꿈을 꾸기만 해도 그날 하루는 아츠무에게 특별한 날이 됐다. 유령이라도 좋으니 돌아와 달라고 기도했었다.

그 바람이 이루어졌는데도, 기뻐야 할 텐데도…….

메이코와 접촉할 수 있는 것이 진타뿐이라니.

'다른 사람에게 빼앗길 바에는 차라리 부수고 싶다.'

옛날 유행가에 담긴 마음을 비로소 이해할 것만 같았다.

"안조, 아르바이트 해서 돈 좀 모아 둬라."

"어?"

"나도 어떻게든 돈을 마련해 보마."

"너희 학교는 알바 금지잖아……."

"어떻게든 하겠어. ……폭죽을 만들고 말겠어. 반드시……."

아츠무는 어두운 두 눈을 똑바로 들었다.

"반드시, 멘마를 성불시키겠어."

그 말에 숨겨진 강한 감정에, 치리코와 나루코는 할 말을 잃었다.

(멘마…… 네 소원을 이루어 줄 수만 있다면, 괜찮겠지……?)

메이코를 성불시켜서 진타의 곁에서 떼어 놓는다.

이것은 메이코를 위한 일이기도 하다. 아무 문제도 없다. 아츠무는 자신을 속이려는 것처럼, 몇 번이고 마음속으로 되뇌었다.

그렇게라도 안 하면 산산이 부서질 것만 같았다…….

폭죽을 만들어 보자

나는 아르바이트 일터를 향해 자전거 페달을 밟고 있었다.

안조의 러브호텔 사건이 있은 다음 날에도, 나는 학교에 갔다. 아르바이트 허가증을 받는 것을 깜빡했기 때문이다.

그토록 창피를 당하고 나니 단순히 학교에 가는 것 정도는 무척 여유로웠다……고 할까, 깨달았다. 허가증을 받기만 할 것이라면 굳이 교실에 갈 필요가 없다는 사실을. 정말 맹점이었다.

복도에서 안조와 마주쳤다. 그런 일이 있고 나서도 학교에 갈 수 있는 안조를, 나는 비꼬는 마음도 없이 그저 '대단하다'고 생각했다. 그래서 그렇게 말해 주었다.

그러자 안조는 얼굴을 붉히고 "그렇게 생각하면 수업 들고 가!"라고 했지만…… 그것과 이것은 별개의 문제다.

아르바이트 허가증을 받은 다음에는 일이 일사천리로 진행됐다.

우리의 상사는 일전의 폭죽 장인 아저씨였다. "허가증만 있으면 언제 나와도 상관없어."라는 식의 자유분방한 발언. 그래서 고등학생이지만 대낮부터 아르바이트를 할 수 있었다.

무슨 일이든지 그에 걸맞은 '증표'가 필요한 것이리라. 뭐든지 첫 단추가 의식의 일환으로서 중요하고…… 시작한 다음부터는 생각했던 것보다 자유롭다. 그런 느낌이 들었다.

"수고하십니다!"

"오, 신참. 오늘도 잘 부탁하마."

아저씨들이 굴삭기로 판 흙을 손수레로 나른다. 그만큼 간단한 일이다.

간단, 하지만…… 상당한 중노동이다. 최근에 내내 먹고 자기만 하는 생활을 계속한 내 몸에는 고된 일이다.

하지만 힘든 것은 몸뿐이고, 마음은 일할 때가 훨씬 편하다.

아르바이트를 한다는 사실은 멘마에게 말하지 않았다.

나는 완전히 사복 차림. 학교에 가는 시늉을 그만뒀는데도 멘마는 아무 소리도 없었다. 초평화 버스터즈의 폭죽 제작에 관해서도 '지금 여러모로 조사하는 중'이라고 대답하니 그 이상 캐묻지 않았다.

그것도 다 교환일기 덕택이리라.

마츠유키가 제안한 뒤로 일주일. 교환일기는 순조롭게 한 바퀴 돌아서 멘마에게 다시 돌아왔다. 모두가 쓴 문장이 담긴 그것을 건네자, 멘마는 이를 소중히 가슴에 끌어안고서 "있잖아, 혼자서 읽을게!"라며 굳이 2층으로 뛰어갔다.

나도 같이 일기를 쓰는데 어째서 몰래 그래야 할 필요가 있는지는 잘 모르겠지만…….

"으…… 헉!"

생각하면서 작업을 하다 보니 손수레의 바퀴가 도랑에 빠졌다.

"신참. 허리에 힘을 줘야지, 허리에!"

"죄송합니다!"

"슬슬 휴식할까? 테짱도 온 것 같으니."

고개를 들어 보니 포포가 휴게소 부근에서 다른 아저씨와 뭔가 대화 중이었다. 테짱이란 이 현장에서 포포를 부를 때 쓰는 닉네임이다. 테츠도라서 테짱. 포포 쪽이 센스가 있어서 더 좋은 것 같은데.

이곳에서 일한 경력이 긴 포포는 흙만 나르지 않는다. 삽을 쓰거나, 다른 복잡한 일이 있다.

"요– 진땅. 잘하고 있어?"

수건으로 얼굴을 닦으면서 포포가 있는 곳으로 걸어간다.

"잘하고 자시고를 말할 상황이 아니야. 완전히 힘에 겨워서…… 아, 맞다. 너 말이야, 요전번에 쓴 일기는 좀 심했는데."

포포의 일기에는 새로이 입수한 성인용 비디오(성숙한 여인 장르)에 대한 감상이 적혀 있었다. 물론, 야한 부분이나 인체의 명칭 등은 대충 얼버무려서 썼으므로 멘마는 알아차리지 못하겠지만……. 안조도 둔한 구석이 있으니 안전할지 모르고.

"왜 있잖아, 나도 오랜만에 긴 문장을 쓰다 보니까…… 독후감 같은? 그런 방향으로 공략해 볼까 했지!"

그렇다면 좀 멀쩡한 영화를 빌려라…….

"됐어. 그리고 보니 너, 멘마가 보고 싶어 하더라."

"엑? 아아……."

지난주에 우리 집에서 있었던 '교환일기 궐기집회' 이후로 모두가 다 모이는 일은 없었다.

제각기 돈을 장만하느라 바빠서…… 그런 것이겠지만. 멘마는 "고등학생은 참 큰일이구나."라고 이해해 주었다.

다만 저번 주에는 포포가 자리에 없었다.

"애초에 소원을 들어주자는 말을 꺼낸 사람은 너잖아? 멘마가 있다는 걸 처음 믿은 것도 너였고……."

"헤헤, 그야 뭐."

"그런데 왜 한 발짝 물러난 거야?"

포포는 한순간 얼굴을 굳혔……던 것 같지만, 곧바로 언제나 그렇듯 푼수처럼 웃더니,

"이봐, 진땅. 너는 아직 애구나! 사랑할 때는 말이지, 수

줍음을 많이 타는 법이라고."

"아- 아-."

"게다가 이번에 폭죽 만들기 작전은 내 수입이 주력이잖
아? 이 아빠가 열심히 일하마, 같은 거라서……."

"그래라. 열심히 일해야지."

폭죽 장인 아저씨가 담배를 물고 휴게소에 나타났다.

"그러고 보니 내일은 대나무 통에 넣을 꽃을 만들까 하는
데 말이다. 너희도 도울 거냐?"

"아, 그래도 되나요?"

"그래. 그러면 조금은 깎아 주마."

나와 포포는 무심코 서로 얼굴을 보고…….

"만세에에에! 아저씨, 정말 사랑해요! ……쪽쪽쪽!"

"이게 뭔 짓이냐, 테짱. 징그럽게!"

"너 말이야, 사랑할 때는 수줍음이 많다고 그러지 않았
어?"

아저씨는 포포가 키스한 뺨을 손등으로 열심히 닦고 있다.

"……그럼 멘마도 데리고 갈까? 좋아히겠지?"

"엑…… 멘마도?"

"뭐야, 안 돼?"

"아, 그렇지는 않은데……라고 할까 보냐! 이런 건 서프
라이즈로 짠! 하는 편이……."

"폭죽 만든다고 이미 이야기했는데?"

"아…… 것도 그렇네."

포포치고는 희한하게도 말을 흐리는 게 신경이 쓰인다. 표정도 왠지 어둡다. 뭔가 마음에 걸리는 구석이라도 있는 걸까? 그 점에 대해 물어보려고 했지만…….

"자, 휴식 끝! 작업 복귀해라!"

아저씨가 손을 짝짝 치는 소리에, 모든 것이 애매모호하게 넘어갔다.

*

들썩, 들썩. 몸이 흔들리고 있다. 조심스러운 느낌이지만 흔들리는 폭은 크다. 마치 요람처럼…….

"응…… 뭐야, 멘── 헉!"

눈을 떠 보니 지근거리에 얼굴이 있었다. 그것도 멘마가 아니라…… 아저씨의 얼굴이.

"진타, 잘 잤니?"

평소보다 살짝 멋을 부린 아버지가 얼굴에 웃음을 띠고 있다……고 해도, 아버지는 기본적으로 티셔츠만 입고, 오늘도 티셔츠 차림이지만. 동물 가죽처럼 얼룩무늬가 있는 티셔츠. 아끼는 옷이라고 한 녀석이다.

"왜 소파에서 자니?"

"뭐, 뭐가 어때서…… 그나저나 무슨 일이야. 아침부

터……."

"오늘은, 엄마를."

"아……!"

재빨리 침대를 본다. 멘마는 아직 자고 있었다. 이렇게 떠들고 있는데도 알아차린 기미가 하나도 없다.

시각은 8시. 약속은 점심 이후이니 아직 시간이 있다…….

의미가 없을지도 모르지만, 가급적 소리를 내지 않도록 하며 소파에서 몸을 일으켰다.

"알았어……. 조금만 기다려."

산을 조금 올라가면 나오는 공동묘지.

유난히 넓은 부지에 묘석이 잔뜩 서 있다. 묘석의 크기에 따라 구획이 나뉘고, 어머니의 묘는 제법 큰 묘석이 늘어선 곳에 있었다. 비석에 새겨진 '야도미 토코'라는 글씨 한 줄이 괜히 쓸쓸하게 보인다.

아버지는 걸레로 묘석을 꼼꼼히 닦고 있다. 나는 화단에 있는 시든 꽃을 빼고 가져온 새 꽃을 꽂아 물을 부었다. 학교에 나가지 않은 이후로는 발길을 끊었지만, 중학교 때까지만 해도 둘이서 자주 묘를 돌보러 왔었다.

"이쪽은 다 끝났는데, 아빠……?"

아버지는 묘석을 계속해서 닦고 있다.

앙상한 등이 왠지 작아진 것처럼 보이지만, 기분 탓일지도 모른다.

내가 학교에 나가지 않은 뒤로도 아버지는 아무 소리도 하지 않았다……. 처음에는 내가 한심하게 보여서 그런 줄 알았다. 하지만 사소한 일에도 마음을 써 주었고, 더군다나 내가 그것을 눈치채지 못하게 했다.

그 상냥함이 오히려 부담을 주기도 했다. 하지만…….

멘마의 어머니를 떠올린다.

휑한 방. 멘마를 떠올리지 않으려고, 멘마에게 매달리지 않으려고, 오로지 그것만을 위해서 모든 추억을 작은 상자에 봉했다. 그렇게 해도, 멘마의 어머니는 멘마를 다 씻어내지 못했다. ……그 정도는 주위에서 봐도 알 수 있다.

자식을 소중히 여기지 않는 부모는 없다.

어디선가 들은 기억이 있는, 오랫동안 내려온 말. 그렇게 단순히 말할 수는 없다고 생각한다. 하지만 적어도 멘마의 어머니는.

그리고 우리 아버지는——.

"저기, 있잖아. ……미안해."

무심코 입을 연 자신을 깨닫고 놀랐다.

뭘 갑자기 사과하는 건데……!?

"어? 뭐가?"

아버지가 묘석을 닦으면서 돌아본다. 그리고 다음에 할 말이 잘 나오지 않아서 갈팡질팡하는 내게,

"아아, 아르바이트 얘기라면 걱정 마렴."

"……알고 있었어?"

아르바이트 이야기는 아버지에게 하지 않았다. 학교에도 가지 않으면서 일한다는 사실에 거부감을 느꼈기 때문이다. 하지만 아버지는 놀라는 나를 보고 당황하더니,

"어? 아니었어? 아, 폭죽 만드는 거 말이니? 아니면 뭐지?"

"어떻게 폭죽 만드는 것까지!?"

"그야 폭죽 만드는 마코토 아저씨랑 아는 사이니까……. 아, 아니지. 그게 말이지……."

당황해하는 아버지를, 나는 멍하니 바라볼 수밖에 없었다.

말도 없이 다 처리했다고 생각했었다. 아버지하고는 관계가 없는, 자신이 새롭게 발을 들인 세계의 일이라고 생각했었다.

그런데도 아버지는 알고 있었고. 그런데도 아무 소리도 없었고…….

"……뭐든지 다 아네."

그러자 아버지는 슬쩍 미소를 지었다.

"뭐든지 아는 건 아니야."

"어?"

"진타가 뭘 미안하다고 했는지 모르거든."

"…………!"

아버지…….

"그래서 뭐가 미안한 거니?"

"아…… 아니, 그게."

"아, 꽃 꽂았니? 그럼 향에 불 좀 붙이렴."

"아아…… 응."

지면에 놓인 종이봉지에서 향 다발을 꺼내면서, 나는 무심코 쓴웃음을 지었다.

부모는──── 당할 재간이 없구나.

＊

"진땅, 뛰어, 뛰어!"

멘마에게 손을 잡힌 채 불당으로 이어지는 오솔길을 달린다. 우리 집에서 언덕을 내려오면 바로 나오는, 주지 스님도 없는 작은 절. 비밀기지까지 가는 게 귀찮을 때는 이곳에서 놀았었다.

"진짜! 일어나 보니까 나가고 없잖아!"

"미안해……."

"아, 왔다. 왜 이리 늦어, 진땅!"

불당 옆에 있는 공터에 가자 모두가 이미 모여서 작업을 시작한 참이었다. 포포를 보자마자 멘마가 눈을 반짝인다.

"와, 포포다!"

포포에게 뛰어가 엉겨 붙는 멘마.

"요– 멘마. 잘 지냈어? 밥은 먹었고?"

"응, 먹었어! 어서, 진땅. 전해 줘!"

"전하라고 해도…… 너 말이야, 일기장을 가져오면 됐잖아."

마침 내 차례라서, 일기장은 내 방에 있었다.

"안 돼! 그건 모두가 쓰는 일기장이니까. 일기만 써야 한다구!"

"……너는 '와~' 하고 '브이' 같은 걸 썼잖아."

"그건 시험 삼아 쓴 거니까 괜찮아!"

나와 멘마가 떠들고 있자 마츠유키가 이쪽을 보지도 않고 말을 내뱉었다.

"이봐, 빨리 해. 손이 부족하잖아."

"아, 미안해……."

"미안해, 유키아츠!"

멘마의 사죄를 마츠유키에게 전할까 했지만, 그만두기로 했다. 왠지…… 마츠유키의 성질을 건드릴 것 같아서.

폭죽 장인 아저씨에게 가르침을 받고, 우리는 화약과 관계가 없는 사전 준비 비슷한 작업을 맡기로 했다.

큰 대나무를 쪼개거나 섬유질을 떼 내는 식의 수수한 작업이 많았지만, 의외로 힘이 많이 드는 작업이기도 했다.

"굉장해, 굉장해! 굉자아아앙해!!"

멘마는 흥분해서 우리 주위를 뛰어다니고 있다.

기척을 슬쩍 느끼면 모두가 "어라? 지금 멘마 왔어?"라는 식으로 말을 건다. 그것이 묘하게 마음을 편하게 했다.

대나무 통 속에는 천을 잘라서 넣는다고 한다. 그것이 폭죽이 터졌을 때 공중에서 하늘하늘 날린다. 안조와 츠루미가 속한 여자 팀은 그 작업에 착수했다. 멘마도 "나도 할래!"라며 소란을 떨고 자르는 걸 조금 도왔다.

"어라, 멘마. 그게 뭐야, 크림빵?"

"아니야. 꽃이야, 꽃!"

멘마는 천을 꽃 모양으로 자르고 좋아했다. 안조는 크림빵이라고 했지만, 내 눈에는 아메바처럼 보였다.

그 작업에 질린 듯, 멘마는 포포에게 달려갔다.

"헤헤…… 포포, 다 했어?"

"우와!?"

"지금 네 등에 올라탔어."

"진짜로? 멘마아, 제발 좀 봐주라…… 우, 우오!"

"칙칙폭폭, 열차 출발! 포포!"

"열차 출발하래."

"어? 조, 좋아…… 알았어. 내 초특급 열차를 꽉 붙들어라, 멘마!"

"꺄악!"

내달리는 포포의 등에서 다리를 이리저리 움직이는 멘마. 내 앞에 나타난 이래로 가장 즐거워 보이는 얼굴이다.

왠지 믿기지 않는다. 이토록 행복한 시간이. 멘마가 있는, 행복한 시간이.

멘마를 성불시키기 위해—— 멘마와 다시 작별하기 위해 존재하다니.

"…………."

눈을 가늘게 뜨고 포포와 함께 멀리, 가까이, 이리저리 뛰어다니는 멘마를 시선으로 쫓는다.

멘마가 웃는 얼굴을 볼 때마다 어쩔 수 없이 떠올리고 만다.

그것은 멘마의 방이다.

멘마의 어머니의 안내를 받고 들어선 휑한 방. 우리 곁에는 지금 멘마가 있다. 하지만 그 장소에는 없다. ……멘마의 방인데도, 주인은 계속 부재중. 하지만 먼지 하나 없었다.

멘마의 어머니는 주인 없는 방을 지금도 청소하고 있는 것이리라…….

"야도미, 그쪽 일은 다 끝났어?"

안조가 말을 건 타이밍에 맞춰서, 쪼그려 앉아 작업 중이던 나는 자리에서 일어났다. 근처에 있는 마츠유키에게도, 츠루미에게도 들리도록.

"잠깐 괜찮겠어?"

멘마가 없는 틈에 모두와 상의하고 싶은 게 있었다. 포포에게는 나중에 메일을 보내자.

"뭔데, 야도미."

"있잖아. 멘마네 엄마한테…… 말하지 않을래? 폭죽에 대해서."

"뭐……?"

*

월요일 방과 후……라고는 해도 나와 포포하고는 관계가 없지만. 멘마를 제외한 초평화 버스터즈 멤버들은 역 앞에 집합했다.

"꼭…… 그럴 필요가, 있겠어?"

마츠유키는 책망하듯이 말했다.

"있을 거야, 분명……. 아마도."

멘마의 어머니는 우리에게 교환일기를 빌려 주었다.

장례식 때는 확연한 증오를 드러냈다. 별의별 생각이 다 들었을 것이다. ……그런데도 우리에게 빌려 주었다.

멘마는 어머니와 만나기를 꺼린다. 물론 자신이 이곳에

존재한다는 사실을 알리고 싶어 하지도 않는다. 전부, 괜히 슬프게 하고 싶지 않다는 이유로.

하지만 정말 그럴까?

설령 대화할 수 없어도. 근처에 있고, 분위기를 공유하기만 하면…… 뭔가 통하는 게 있을지도 모른다.

폭죽을 쏘아 멘마가 성불한다면 더더욱.

"어서 오렴."

멘마의 집 현관. 긴장한 얼굴을 한 우리를, 멘마의 어머니는 웃으며 맞이해 주었다.

"어머, 테츠도 군…… 아츠무 군하고, 치리코 양이구나? 다 같이 와 주었니? 고맙구나, 들어오렴."

우리를 인도하듯 먼저 안으로 들어가는 멘마의 어머니.

"좀 더 빨리 올 걸 그랬는데. ……이렇게 기뻐할 줄 알았으면 말이야."

"응……."

기뻐해, 준 걸까?

멘마의 어머니는, 혼혈이라서 그렇겠지만…… 색채가 희미한 눈동자가 마치 유리구슬 같았다. 감정을 좀처럼 알 수가 없다.

"로켓 폭죽?"

소파에 앉은 우리에게, 멘마의 어머니가 홍차를 내 주었다. 다과는 손수 만든 것 같다. 말린 오렌지를 넣어서 만든 케이크…… 어머니가 만들어 주었던 찐빵과는 차원이 달랐다. 하지만 먹어 보니 좀 퍼석퍼석해서 맛을 거의 느낄 수 없었다.

"네, 그래요."

"재미있는 생각을 다 했구나, 좋지 않을까? 근데 그걸 왜……."

"그, 그게 있잖아요. 어렸을 때 멘마하고 같이, 폭죽을 만들자고 했거든요!"

"……! 그렇구나. 메이코가."

"저기, 폭죽을 쏘아 올리면…… 메이코도 기뻐할 것 같으니까. 괜찮으시다면 어머님께서도…… 가족들과 함께 보러 오셨으면 해요."

"너희는 정말 사이가 좋구나."

우리는 무심코 서로 얼굴을 살폈다.

"아, 아니요. 사이가 좋다고 할 정도는."

"메이코도 부러울 거야. ——그 아이만 따돌림을 당하고 말았구나."

"네?"

그제야 우리는 깨달았다. ——멘마의 어머니는 홍차를 가지고 올 때 쓴 쟁반을 지금껏 가슴에 꼭 끌어안고 있다. 그 쟁반이 가늘게 떨리고 있다.

"메이코가 기뻐할 거라고 해 놓고…… 결국에는 너희끼리 즐기는 거구나. 메이코를 구실로 삼아서……."

"아, 아주머니?"

"메이코는 이제…… 없는데. 너희는…… 하나도 안 변하고──."

"꺄악……!"

"왜니……?"

멘마의 어머니가 츠루미의 팔을 꽉 움켜잡았다.

"츠루미……."

"그날도…… 너희는 메이코랑 놀았잖니!?"

멘마의 어머니는 츠루미의 팔을 몇 번이고 흔들었다. 동요한 탓인지, 츠루미는 붙잡힌 채로 뻣뻣하게 굳어 버렸다.

멘마의 어머니가 부릅뜬 두 눈에서 하염없이 흘러넘치고 있는 것은── 눈물, 이다.

"교환일기 읽어 봤니? 시간이 멈췄어! 그 아이만 옛날과 변함없이…… 그런데!"

"아……."

"왜 너희는 이렇게 잘 자라서…… 다 함께 일기를…… 그런데 왜 메이코만, 메이코만 혼자……!"

멘마의 어머니가 내뿜는 기백에, 우리는 아무것도 할 수 없었다. 츠루미를 지켜야 한다든지, 그런 생각조차 못할 정도로…… 그때.

"무슨 일이지, 이레느? ……!!"

"아……."

문이 열리고, 멘마의 아버지가 들어왔다.

"!!"

멘마의 어머니는 눈물에 젖은 얼굴을 들었다. 츠루미의 팔에 올라간 손이 스르륵 맥없이 떨어진다.

"너희는…… 메이코의."

"저, 저기요! 저희는 이만 돌아갈게요. ……가자!"

안조가 안색이 창백해진 츠루미에게 손을 내밀고 일으켜 세운다.

멘마의 아버지를 향해 어색하게 인사하고, 우리는 도망치듯이 멘마의 집을 나섰다. 현관을 나온 뒤로도 멘마의 어머니가 흐느끼며 우는 소리가 한동안 귀에서 떨어지지 않았다——.

"츠루미…… 팔, 괜찮아?"

"……아무렇지도 않아."

우리는 불당에 왔다. 작업 목표는 이미 달성했다. 다섯이서 따로 행동해도 상관없는데도, 왠지 모르게 모두가 똑같은 곳으로 발길을 돌렸다.

"무지 무섭던데……. 멘마네 엄마."

"그러게……. 줄곧 우리를 미워한 걸까……?"

"이렇게까지 다른 사람한테 미움을 산 건…… 태어나서

처음, 일지도 몰라."

안조의 눈이 촉촉이 젖었다. 말을 걸어야 한다고, 위로해야 한다고, 그렇게 생각했지만…… 할 수가 없다. 우리 모두 똑같은 죄를 안고 있다. 하지만,

"네 탓이야."

마츠유키는 그런 '동료 의식'에서 한 발짝 벗어난 듯이 나를 노려봤다.

"정의감인지 뭔지 모르겠지만, 제멋대로 생각해서…… 안 그래도 줄곧 고통을 받아 온 멘마의 어머니께 상처를 줬어. 상처에 소금을 뿌렸던 말이다."

"그건……!"

마츠유키는 도발하는 투로 말을 이었다.

"어떻게든 해 보라고, 진땅. 멘마가 보이는 사람은 너밖에 없으니까."

"야, 유키아츠! 그만……."

포포가 말리려 했지만, 마츠유키는 들리지 않는 듯 "너밖에 없으니까."라며…… 다시 중얼거렸다.

그렇게 말하는 마츠유키의 눈은 왠지 멘마의 어머니와 닮아 보였다…….

"……나는 슬슬 가 볼게. 좀 있으면 일할 시간이야."

도망치고 싶은 마음에 말을 쥐어짠다.

"얼굴색이 안 좋은데, 야도미."

"너 있잖아, 지금껏 집에 틀어박혀 살았으면서 갑자기 너무 많이 일하는 거 아니야?"

"맞아, 진땅. 내가 대신 일해도……."

"괜찮아……. 나는 시간이 남으니까. 시급도 싸서, 아직 포포의 절반도 하지 않았으니까…… 일해야지."

"진땅! 기다려, 나도 같이 갈 테니까……!"

좌우지간 걸음을 옮긴다. 그렇다. 지금의 나는 방향을 잘못 잡았어도, 앞으로, 또 앞으로, 걸음을 내디딜 수밖에 없으니까…….

*

"아, 또 진땅 차례에서 일기가 멈췄어!"

진타의 책상에 방치된 교환일기를 보고, 메이코는 분개하고 있었다.

"아, 아, 아, 아!"

연달아 소리를 내니 점차 동물이 우는 소리처럼 들려서, 메이코는 그 소리에 재미가 들려 몇 번이고 반복했다. "아— 아— 아—." 하고 일기장에 손을 뻗고 페이지를 펼친다. 그곳에는 어린 시절에 쓴 글씨보다 훨씬 완성도가 높아진…… 그래도 똑같은 인물이 쓴 글씨의 연장선에 지나지 않은, 초평화 버스터즈 한 사람 한 사람이 쓴 글씨가 나열되어 있었다.

메이코는 후후 소리를 내어 웃고, 그 글씨를 천천히, 아끼듯이 어루만진다. 그리고 이미 몇 번이고 거듭 읽었던 각자의 일기 내용에 다시 눈길을 준다.

『멘마하고 초평화 버스터즈 멤버들이 하나가 되어 지낼 수 있어서 기쁘다. 반드시 다 함께 폭죽을 쏘아 올리자.』

아츠무의 일기는, 가늘고 시원하게 쓴 글씨에 성실한 말.

『폭죽에 넣을 천 말인데, 빨간색만 넣지 말고 노란색도 넣으면 푸른 하늘에 더 예쁘게 보일 것 같아. 멘마의 의향을 묻고 싶어.』

치리코의 일기는, 일기가 아니라 업무적인 연락 같은 느낌이 들었고,

『노란색도 좋을 것 같은데? 오늘 저녁은 교자였어. 교자를 빚는 건 싫지 않지만, 100개는 좀 힘들어. 아빠도 참, 너무 좋아한다니까.』

나루코의 일기는 일기로서 가장 올바르게 기능하고 있고, 그림 글자가 그려져 있어서 예쁘다. 그리고 테츠도의 일기는,

『교자 먹고 싶다. 오늘은 아침부터 열심히 일했으니 잠이 푹 들겠지. 숙면을 위해서 오늘도 한 편. 나이는 42, 한창 무르익은 때. 남편의 동창회를 따라와서 혼자 도쿄를 관광하고 있을 때 수상한 차가…… 이런 내용이지.』

의미를 도통 알 수가 없다. 어려운 말이 여럿 있어서, 메이코는 '포포는 머리가 참 좋구나.' 하고 감탄했다. 테츠도

답지 않게 말이 딱딱해 보였다.

하지만 다른 멤버들의 일기가 모두 '그럴싸한' 것이 미묘하기는 했다. 각자 은근슬쩍 속내를 감추고 있다. 특히나 유키아츠의 일기는…… 하지만 메이코는 잘 모른다.

그저 다 같이 어울리는 게 즐거워서, 교환일기가 부활한 사실이 기뻐서.

(역시 모두 어른이 됐구나. 글 쓰는 솜씨가 늘었구나.)

메이코가 감탄하고 있을 때, 딩……동, 하고 어긋난 소리가 났다.

인터폰이 울리고 있다. 손님일까? 메이코는 진타의 방 창문에서 밖을 살짝 봤다.

"아…… 츠루코다!"

타다다다 달려가 미닫이문을 연다. 이제는 상대가 초평화 버스터즈 멤버라면 이런 동작도 주저하지 않는다.

"……멘마?"

"응!"

"잠시 실례해도 되겠니?"

"어서 와!"

"안에 들어가도 될까?"

"들어와, 들어와! ……아."

치리코는 현관 앞에서 망설이고 있다. 메이코의 목소리는 들리지 않는다.

"아! 잠깐만, 10초만 기다려!"

메이코는 허둥지둥 계단을 올라가 방에서 일기와 펜을 가지고 돌아왔다. 그리고 예전에 시험 삼아 썼던 페이지에 '어서 오세요. 기다리고 있었습니다.' 라고 적었다.

조금 떨떠름한 표정을 지었지만, 치리코는 금세 긴장이 풀린 듯 미소를 지었다.

"자자, 드세요, 보리차예요! 아, 소면 장국이 아닌가 냄새를 맡아야지! 킁킁…… 괜찮아요!"

그렇게 말하면서 메이코는 치리코 앞에 시원한 보리차를 둔다.

"고마워."

그리고…… 한동안 침묵이 찾아왔다.

(츠루코, 진땅을 보러 왔을까? 아니면 멘마……면 좋겠는데.)

메이코는 일기장에 글씨를 쓰려다가 잠시 망설였다. 아까 쓴 '기다리고 있었습니다.' 를 포함해 메이코가 모두에게 의사를 전하려고 '단순히 글씨를 쓴' 페이지.

메이코 혼자만의 것이 아닌 일기장에 그 이상 '불필요한' 페이지를 만드는 것에 거부감이 들었다. 그래서 요전번에 폭죽을 만들 때도 일기장을 가지고 가지 않은 것이다.

(어쩌지, 어쩌지…….)

최대한 작게, 지금껏 글씨를 썼던 페이지 구석에.

문장이 아주 짧아도 의미가 전달될 수 있도록, 고민하고 또 고민한 까닭에 일기 위를 펜이 몇 번이고 오간다. 그 모습을 한동안 지켜보고 있었던 치리코는 문득 조용히 말했다.

"멘마, 잠시 펜 빌려도 될까?"

"어? 아, 응. 여기!"

메이코가 치리코에게 펜을 건네자, 치리코는 일기장 마지막 부분의 몇 페이지, 그 상단에 '멘마의 잡담 코너'라고 글씨를 적었다.

"어……?"

"멘마가 말하고 싶은 것은 앞으로 이 공간에 쓰면 돼. ……그리고 있지, 모두의 교환일기라고 해서 사양할 필요는 없어."

"!"

치리코는 멘마가 보이지 않는데도, 마치 메이코의 마음이 훤히 보이는 것처럼 말했다.

"그러니까…… 만약 일기장을 다 쓰면, 또 새로 하나 사면 되니까."

"……츠루코!"

메이코는 북받쳐 오르는 감정에 몸을 맡겨 펜을 쥐고, '멘마의 잡담 코너'에 글씨를 썼다.

『츠루코는 정말 다정해.』

"멘마……!"

치리코는 애달픈 듯 눈을 희미하게 뜨고, 고개를 숙였다.

"다정한 사람은…… 너야."

"어?"

"수수하고, 특별한 재주도 없는 나를…… 언제나 칭찬해 주고. 나는 있지…… 그런 네가 좋았어."

『멘마도 츠루코가 좋아.』

메이코의 글씨를 빤히 보는 치리코. 그 눈에서는 어느덧 눈물이 흘러내리고 있었다. 그러나 메이코는 그 눈물의 의미를 알 수가 없다.

"왜 울어, 츠루코?"

메이코는 치리코의 눈물을 손가락으로 살며시 닦았다.

"따스해……."

"츠루코가 우는 거, 멘마는 싫은걸?"

메이코는 펜을 들어 『츠루코가 우는 거, 멘마는 싫은걸.』하고, 중얼거린 말과 똑같은 마음을 글씨로 나타냈다.

"멘마……."

치리코는 뭔가 말하려다가, 그러나 도로 삼켰다. 그리고 뺨에 닿은 머리카락을 귀 쪽으로 넘긴 뒤,

"……진땅은 있지, 아르바이트를 하러 갔어."

"어…… 아르바이트!? 그게 뭐야, 멘마는 들은 적……."

말하는 도중, 메이코는 펜을 들었다.

『진땅, 돈이 필요한 걸까?』

"그래……. 멘마의 소원을 들어주려면 돈이 필요해."

"멘마의……!"

요 며칠간 본 진타의 모습을 떠올린다. 아침 일찍 집을 나가서 늦게 들어오고…… 학교에 간 건지, 어디에 간 건지. 왠지 물어봐서는 안 될 것 같아서 잠자코 있었다. 하지만,

『진땅을, 힘들게 했어?』

메이코의 글씨가 불안한 듯 기울었다.

*

산으로 빙 둘러싸인 시골 동네의 밤. 비밀기지가 있는 곳과 정반대 방향으로 걸어도 똑같이 산에 맞닥뜨린다.

이쪽 산에는 다리가 없다. 지긋지긋할 정도로 똑같은 녹음이 계속되지만, 강이 없는 만큼 낮의 기운을 머금어 발을 내디딜 때마다 흙에서 훅, 훅, 하고 열기가 올라온다.

멘마가 뒤에서 따라오는 기척을 느끼면서, 치리코는 속으로 자신을 계속 비난하고 있었다.

뭐가 다정하다는 걸까…… 자신을 때리고 싶다.

하지만 이것 말고는 방법이 없었다.

메이코의 '소원'에 대해서, 치리코는 혼자서 생각하고 있었다.

머리가 좋고 결점이 없다. 그런 인물상을, 치리코는 노력으로 몸에 습득시켰다. 실제의 치리코는 만사가 서툴고, 남보다 생각하는 데 시간이 배 이상 걸린다. 하지만 그만큼 '진실'에 가까이 다가갈 수 있다.

폭죽 제작이 한창 무르익은 가운데, 치리코는 메이코의 '소원'이 로켓 폭죽일 리가 없다고 생각했다.

정말로 폭죽이라면, 메이코는 어째서 진타 앞에만 나타난 걸까?

모두가 다 같이 있어야 이룰 수 있는 소원이라면—— 메이코는 초평화 버스터즈의 모두에게 보여야 한다.

메이코는 진타의 눈에만 보인다. 그리고 진타가 있는 곳에 있다.

해답은 명백하지 않은가. 그 시절부터, 치리코뿐만 아니라 모두가 눈치채고 있었다——.

기억을 더듬어, 그 여름날. 잊고 싶지만 잊을 수 없는 저주받은 날.

"진땅은…… 멘마를 좋아하지?"

나루코의 말소리가 비밀기지에 울린다. 치리코는 그날의 '각본'을 알고 있었다.

진타를 좋아하는 나루코. 메이코를 좋아하는 아츠무. 두 사람이 미리 짜고 진타의 마음을 확인하려고 한 것이다. 치리코는 두 사람이 몰래 상의하는 것을 목격했다.

어린 날의 치리코는 발끝까지 싸늘해지는 기분이었다.

(어째서 그렇게, 모처럼 사이좋게 지내는 사이를 망가뜨리려고 하는 거야?)

하지만 치리코가 답을 찾기에는 시간이 너무 없어서——그 계획은 감행되었고, 그 결과가 나오고 말았다.

치리코는 두 사람을 말리지 못한 자신을 원망했다. 자신의 어리석음을 증오했다.

하지만 어리석어서…… 단순히 그게 전부였을까?

분명 치리코도 그 답을 알고 싶었던 것이리라.

진타가 메이코를 좋아한다는 사실이 확실해지고, 메이코도 진타를 좋아한다는 것을 알아서——.

아츠무가 메이코에게 차이는 순간을, 원했다.

이 생각이 치리코를 괴롭혀 왔다. 나는 대체 얼마나 끔찍한 생각을 한 걸까? 그 탓에 멘마가…….

하지만 이 생각에는 한 가지 씻어낼 수 없는 위화감이 존재한다.

진타는 메이코를 좋아할 것이다. 이 사실은 주위에서 봐도 알 수 있는 것이었다. 하지만 메이코가 진타를 좋아한다……는 사실에는 자신이 없었다.

메이코는 누구에게나 상냥했다. 누구에게나 웃는 얼굴을 보였다.

진타와 가까웠던 것 같기도 하지만…… 확증은 없다.

하지만 메이코는 진타가 있는 곳으로 돌아왔다.

누구나 볼 수 있는 게 아니다. 진타만 볼 수 있는 메이코. 그렇다면 답은 나와 있다.

"모두가 다 함께 있어야만 이룰 수 있는 소원."

그것은 진타의 진짜 마음을 알고 싶다는 것을 의미하지 않을까?

모두가 다 함께 있지 않아도 이룰 수 있는 소원이기는 하다……. 하지만 메이코에게 그날의 인상이 강하게 남아 있는 게 아닐까? 모두가 있고, 나루코의 '진땅은 멘마를 좋아하지?' 발언이 있어야 비로소 진타의 마음을 들을 수 있다고 말이다.

이 추측이 올바른 것인지는 알 수 없다.

아무하고도 상담한 적이 없다. 하지만 죽음의 순간에 가까운, 죽음의 원인에 가까운 것일수록 소원과도 근접해 있을 것 같았다.

그리고 무엇보다, 메이코가 그 소원을 이루는 것은——그날 치리코의 소원을 이루는 것을 의미한다. 아츠무가 메이코에게 차이는 순간이 찾아온다는 의미다.

(미안해, 멘마……. 하지만 우리의 소원은 같은 거겠지?)

"거의 다 왔어."

치리코는 메이코가 있을 터인 등 뒤를 향해 말을 걸었다.

칠흑 같은 밤의 숲 저편에, 마치 어두운 터널의 출구처럼 창백하게 빛나는 빛이 있고——.

*

"진땅이다!"

메이코는 눈을 빛냈다. ——하지만 그 눈빛은 금세 복잡한 빛을 띠었다.

산길 공사 현장에서, 진타가 아르바이트 중이다. 작업장에 놓인 대형 조명이 진타와 사람들을 비추고 있다.

흙먼지로 더럽혀진 티셔츠. 목에 수건을 걸쳤는데도 흐르는 땀을 닦지 않고 삽으로 흙을 옮긴다. 메이코는 모른다. 이 작업이 '얼마 전만 해도 맡기지 않은' 수준의 힘겨운 일이라는 사실을. 잘 보니 멀리서도 숨을 헐떡이는 것을 알 수 있다.

"아……."

처음 보는, 진타의 일하는 모습. 함께 일하는 아저씨들하고는 몸의 중심이 다르다. 흙에 삽을 박는 각도도 다르다. 익숙하지 않아서 다리가 금세 휘청거린다.

"히사카와가 소개했대, 이 일자리."

치리코의 말은 메이코에게 닿지 않았다. 메이코는 벌써 빨려들 듯이 흐느적흐느적 진타를 향해 걷고 있었으니까……

(아, 포포…….)

급조한 사무소 앞에서, 메이코는 걸음을 멈췄다. 테츠도가 선배처럼 보이는 초로의 남자와 이야기 중이다.

"신참 형씨는 참 열심히 일하는군."

"헤헤, 그러게요."

테츠도는 마치 자신이 칭찬을 들은 것처럼 자랑스럽게 얼굴을 폈다.

"진땅은 짱 멋지다고요."

(아…….)

메이코는 진타를 봤다.

저 땀은, 저 노동은, 폭죽을 만들기 위한 것이다.

메이코의 소원을 들어주기 위해.

메이코는 조명이 망가진 줄 알았다.

갑자기 주위가 일그러졌기 때문이다. 하지만 그것은 흘러넘치는 눈물 탓이었다. 눈부신 조명이 비치는 가운데, 홀로 뚜렷하게 드러나 있는 진타의 모습――.

"짱 멋지다고요……."

테츠도의 말을, 메이코는 무의식중에 되뇌었다…….

어린 시절, 반에서 혼자 덩그러니 떨어져 있었던 메이코.

하지만 진타가…… 초평화 버스터즈가 지켜 주었다. 곁에 있어 주었다.

그것은 메이코의 첫 친구들. 메이코는 모두를 좋아했다. 누가 더 좋고, 덜 좋고는 없다. 누구든지, 좋아하는 감정의 크기는 똑같았다.

하지만 그 빛깔은? 그 의미는?

정말로 똑같이, 같은 의미로 좋아했을까?

(멘마는…… 모두가 좋아. 진땅이 좋아.)

그리고 그 의미는──.

그때. 메이코의 흐릿한 사고를 가로막듯이 날카로운 목소리가 들려왔다.

"너 있지. 언제까지 쉴 작정이야?"

사무소에서 나루코가 나왔다. 메이코는 자신도 모르게 퍼뜩 멈춰 선다.

"진땅만 고생시키지 말고, 너도 좀 일해!"

"헤이헤이."

"저 형씨는 정말 거물급 신인이군! 신참 주제에 현장에 애인까지 데리고 왔잖아."

"아, 아니에요! 저는 그저…… 이쪽에 볼일이…… 아! 야도미한테만 볼일이 있는 게 아니라, 히사카와한테도 볼일이……."

"일하면서 먹으라고 주먹밥을 왕창 싸 들고 산을 올랐으면서?"

"시끄러워. 조용히 해, 포포!"

새빨개진 나루코는 웃으면서 자리를 뜨는 두 남자를 향해 흥, 하고 코웃음을 친 뒤, 일하고 있는 진타 쪽으로 시선을 옮겼다.

똑바로, 그저 똑바로 진타를 바라보는 눈.

메이코는 알 수 있었다.

나루코는 지금, 진타를 '짱 멋지다.' 고 생각하고 있다──.

＊

"잘 가라, 아나루. 가다가 잡아먹지나 말라고!"

"헛소리 마!"

비밀기지로 돌아가는 포포와 헤어지고, 나와 안조는 선로를 따라 걷고 있었다.

정말이지, 이 녀석은…… 무슨 생각일까?

먹으라고 싸 온 주먹밥은 유난히 크고, 조금 신맛이 났다. 듣자니 비타민C 보충을 위해 레몬즙을 넣어 밥을 지었다고 한다.

"야도미, 안색 나쁘지 않아?"

"아아…… 요새 별로 안 잤으니까."

"너무 무리하지 않는 게 좋지 않을까? 아무리 멘마를 위한 일이라고 해도……."

안조는 시선을 내리고 중얼거렸다.

"애초에…… 예전에도 말했지만, 노력하면 할수록…… 멘마를 성불시키는 게 되잖아."

"…………."

나도 안다. 자신이 얼마나 멍청한 짓을 하고 있는지.

"하지만 멘마가 그걸 바란다면—— 그렇다면 할 수밖에 없잖아."

"야도미……."

"나는 멘마한테…… 몹쓸 짓을, 했으니까. 요만큼도 속죄가 될 수 없다는 건 알지만……."

"야도미 탓이 아니라고 했잖아! 내가, 그때 그런 소리를 안 했으면……."

"네 탓이 아니야."

"내 탓이 아니더라도! 내가 더 나빠!"

"왜 그런 걸 비교해야 하는데!?"

그때 문득 안조가 입을 다물었다. 입술을 삐죽 내밀고, 머리를 매만지고, 갑자기—— 확!

"으…… 헉!"

내 가슴을 밀쳤다.

예상치도 못했던 공격에, 별로 세게 밀치지 않았는데도 몸이 휘청거려서, 다음 순간에는 엉덩방아를 찧고 말았다.

"가, 갑자기 무슨 짓이야!"

손을 짚고 몸을 일으키려고 한다. 그러자 안조가 얼굴을 붉히고 외쳤다.

"일어나지 마! ——가만히 있어!"

"뭐어?"

"나는 있지. 지금부터 엄청 더러운 소리를 할 거야."

후으. 한껏 숨을 들이쉬고…… 내쉬면서, 안조가 입을 열었다.

"——그때 있지, 나는…… 조금 기뻤어. 진땅이 멘마를…… 좋아하지 않는다고 해서."

"!!"

우리의 그날.

몇 년이 지나도 망각은 고사하고 죄책감을 덧칠해 나가는 '누가 이딴 호박을.' 발언. 그것을…… 기뻐하며 듣고 있었던 녀석이 있었다?

"그런데."

"아……."

"그런 식으로 가 버리면, 말이야. 멘마를 정말 좋아한다고…… 고백한 거나 다름없잖아."

자세히 보니 안조의 눈에 눈물이 맺혀 있었다. 진하게 칠한 마스카라를 조금씩 녹이면서 흘러내린다.

"그날 이후로 계속 아파. ……그때, 그 순간, 기뻐한 나 자신을…… 용서할 수 없어서. 멘마한테 상처를 주고, 그렇게 되고 말아서…… 진땅을…….."

눈물 때문에 끊기는 말을 필사적으로 이으면서.

"진땅을…… 좋아한 나를 용서할 수 없어서."

"!!"

동요, 했다.

내 눈앞에 있는 안조는 내가 잘 아는 안조와 전혀 다르다. ……다를 터이다. 착실하게 현실의 생활을 영위하는 티가 풀풀 나는 머리색, 짧은 치마…… 나 같은 방구석 폐인을 좋아할 일은 하늘이 두 쪽이 나도…….

"진땅을 좋아하지 않는다고, 아무렇지도 않다고 생각하려고 했어. 새롭게 좋아하는 남자를 찾아야 한다고……. 그치만 다가오는 남자들이 하나도 좋게 안 보여서…….

"저, 저기, 안조…….."

얼굴이 확 달아오른다. 안조도 귓불까지 빨갛게 물들어 있다.

"진땅을 역시 잊을 수 없어서…… 이런 식으로 가까이서 지낼 수 있어서. 점점…… 나는, 역시…….."

"자……잠깐만, 안조!!"

안조의 고백을 가로막듯이, 나는 혈관이 터지도록 외쳤다.

"어!? 뭐, 뭔데!"

"나는…… 언제까지 이 자세로 있어야 하는데!?"

"아……."

눈물로 얼룩진 고백을 멍청하게 쳐다보는 나. 심장이 쿵쿵 뛰는데도 무방비한 자세로 계속 있는 것을 더 이상 참을 수 없었다.

"조, 조금만 더, 그대로 있어……."

"왜?"

"그야…… 왜, 갑자기 끌어안는 건 싫으니까."

"허! 누가 누구를 끌어안는다고!?"

"왜! 이런 고백을, 여자가 울면서 하면 남자가 꼭 끌어안잖아! 딱히 좋아하는 사람이 아니더라도, 불쌍해서!"

"뭐어? 그건 어디서 배운 지식인데!"

"응? 그, 그야…… 드라마에서."

"너 말이야, 대체 무슨 드라마를 보고 사냐……."

그때, 등 뒤에 있는 산에서 '까악' 하고 까마귀가 울었다.

밤인데도 우리 목소리 탓에 잠들지 못하는지, 맥이 빠진 느낌으로.

"…………."

우리는 동시에 할 말을 잃었다.

그 이후로 나는 일어나는 것을 허락받고, 역 근처 교차점까지 왔다. 말없이, 별다른 대화도 없이 걷는 동네의 거리는 평소보다 훨씬 길게 느껴졌다.

"……진땅네 집은 이쪽 아니잖아."

"집까지 바래다줄게."

"됐어. 혼자 갈 수 있어."

안조가 걸음을 멈췄다.

"혼자……. 멘마는 혼자 갔어."

"아……."

"우리는 초평화 버스터즈인데…… 혼자 보내, 버렸잖아."

"…………."

"그러니까 나도 혼자 갈래."

그렇게 말하고, 안조는 나를 앞질러 걷기 시작했다.

큼직한 엉덩이, 높은 굽. 하지만 그 뒷모습은 어린 시절과 변함없이, 작고 여리게 보였다──.

*

"…………."

휴대전화에서 시선을 슬쩍 돌리듯 고개를 숙인다.

불을 켜는 것도 잊어 어둑어둑한 방에 희미하게 드러난 액정 화면. 치리코는 진타에게 전화를 걸려다가, 그만둔다. 그 동작을 되풀이하고 있었다.

메이코에게 "이제 돌아가자."라고 말을 걸었지만 기척을 느끼지 못했다. 메이코는 집에 잘 들어갔을까?

유령이니까 사고를 당하거나── 그야말로 발이 미끄러져 강에 떨어지거나, 하는 걱정은 하지 않아도 될 터. 그런 식으로 속으로 중얼중얼 반복해서 말한다.

일기장을 챙겨서 가지 않은 이유는, 메이코가 글씨를 썼다간 자신이 멋대로 행동한 것이 들키기 때문이다. '츠루코가 우는 거, 멘마는 싫은걸.' 이라고 적어 준 메이코…… 지금 생각해 보면 무척 창피한 기억이지만.

진타에게 다시 전화를 걸려고── 했다가.

치리코는 아츠무의 번호를 눌렀다.

"무슨 일이지, 츠루미."

신호가 몇 번 간 다음 귀에 익은 소꿉친구의 목소리가 들려오자 츠루미는 갑자기 울고 싶어졌다. 자기 자신도 놀랄 만큼 안심할 수 있었다.

"알고, 싶었어."

"뭐?"

"정말로…… 폭죽이, 맞는지."

치리코는 아츠무의 대답을 거의 듣지도 않고 자신의 마음을 털어놓았다. 아츠무가 대꾸하는 말까지 들었다간 정말로 울음을 터뜨리고 말 것이다. 울면서 이런 소리를 했다간──

이상한 여자라고, 아츠무가 질색하고 말 것이다.

폭죽이 아니라고 생각한다는 이야기를, 메이코의 마음을 알고 싶었다는 이야기를…… 아츠무는 가만히 듣고 있었다.

"그래서 있지, 나는……."

"그래서 결국, 너는 뭘 하고 싶은데?"

"뭘?"

"네가 하려는 건, 우리 모두에게 상처를 주는 거지?"

"어……?"

"안 그래? 그날은 우리 모두에게 상처로 남았어. ……그런데 그날의 대답을 다시 듣겠다고, 그렇게 생각한 거지? ……아."

"무슨 일이야, 마츠유키……."

"맞아……. 그날을 다시 시작하면 돼."

"어? 그게 무슨……."

"재현하는 거야. 비밀기지에 다 모여서—— 야도미한테 묻는 거지. 멘마를 좋아하냐고."

"!!"

우리의, 그날을, 재현한다?

치리코는 한순간 의미를 이해할 수 없었다. 아츠무는 방금 '그날은 우리 모두에게 상처로 남았다.'고 했을 터이다. '너는 우리 모두에게 상처를 주려고 한다.'고. 정답이다. 치리코는 전부터 모두가 평등하게 상처를 입어야 한다고 생각하고 있었다. 아츠무에게만 상처를 주는 것은 싫다고 말이다.

(마츠유키는…… 나하고 똑같이 생각했어.)

"맞아, 츠루미…… 그날로 돌아가면 돼. 모두가 그날 일을 후회한다면. 멘마도 분명 똑같이 후회하고 있을 거야."

아츠무는 말을 이었다. 휴대전화를 통해 울리는, 경박함을 가장한 그 목소리는 희미하게 떨리고 있다.

"왜냐면 우리는 초평화 버스터즈니까."

*

미닫이문의 열쇠를 열쇠구멍에 넣는다.

한 번 잠그면 열 때 요령이 무지막지하게 필요하다. 다루기 까다로운 옛날 자물쇠. 하지만 오늘은 어렵지 않게 열렸다.

집에 들어가기 싫은 날인데도…….

"다녀왔습니다……."

자신이 낼 수 있는 목소리 중에서 가장 낮게 조절한 톤으로 말한다. 그러자 곧장, 타다다다…… 요란한 발소리가 들려왔다.

"잘 다녀왔어, 진땅?"

얼굴 한가득, 티 하나 없는 웃음. 오늘 밤은 이 얼굴을 보고 싶지…… 않았을 터인데도. 무의식중에 가슴 언저리가 따뜻해진다.

"아…… 배고프지? 뭐라도 먹을래?"

"멘마는 있지, 카레 마르셰로 버섯 먹을래!"

"너 말이야, 마르셰 참 좋아하는구나."

"응! 버섯 기둥을 따고, 옴폭 파인 곳에 카레를 부어서 있지, 한입에 먹는 거야!"

멘마는 주방까지 따라왔다. 활기찬 목소리가 아까의——안조와 나눈 대화를, 답답한 속을, 아주 조금 해소해 주는 것 같다.

"아, 맞다. 진땅, 일기 밀렸지? 그럼 못써. 다음은 유키아츠 차례니까, 밤에 써서 내일 가져가!"

"네이네이."

"아, 맞다. 진땅네 아빠가 허리 아프대. 목욕물에 있지, 쏴아쏴아 하는 걸로 넣어 줘. 우리 아빠도 그거 썼어!"

"쏴아쏴아……? 아, 잘 모르겠지만 알았어."

선반 서랍에는 소금 라면과 카레 마르셰가 왕창 들어 있다. 냉동실에는 얼음과자인 가리가리 군. 전부 멘마가 좋아하는 것이다. 아버지한테는 "진타도 참, 마니악하구나." 소리를 들었지만.

"아, 맞다, 맞다!"

"이번에는 뭔데?"

"아나루는 진땅의 신부가 되고 싶은 거야?"

·················.

"——뭐어어어어어!?"

나도 모르게 마르셰 곽을 손에서 놓쳤다.

"너, 너, 뜬금없이 무슨 소리를!?"

"진땅네 아빠도, 멘마도 있지, 진땅을 좋아하지만, 아나루의 '좋아'는 진땅의 신부가 되고 싶다는 의미인 거야!"

숨도 쉬지 않고 몸을 내밀고 떠들어대는 멘마.

한없이 진지한 눈을 보자 혼란에 빠진 머릿속이 점차 싸늘하게 식는다. ……무슨 소리야. 이 녀석은 왜 이런 소리를.

"……그런 거 아니야."

"멘마는 알 수 있는걸!"

나도 모르게 멘마의 시선을 피한다. 멘마의 크고 맑은 눈과 마주치면 전부 들킬 것 같다.

"좋아하는 게, 아니야. 분명……."

아니다. 안조는 말했다. 나를 좋아한다고 말했다.

하지만—— 그 의미는 분명 다를 것이다. 멘마에 대한 죄책감이나 과거의 나 자신을 향한 마음이 뒤죽박죽이 되어서 그런 거다. 왜냐면, 지금의 나는…….

"그 녀석이 나 같은 놈을 좋아할 리 없잖아?"

"어? 왜?"

"왜긴…… 그 녀석은…… 그 녀석, 은."

말이 바로 떠오르지 않는다. 요전번에 교실에서는 술술

나왔는데.

"무뇌아?"

"너, 너 말이야! 그건 좀……."

"예전에 진땅이 그랬어. 아나루가 무뇌아라고. 머리가 나쁜 여자라고."

그러고 보니 그런 소리를 했었지…….

"그치만 아나루는 아닌걸? 무척 예쁘고, 상냥하고, 진땅을 좋아할지도 모르는 아나루인데?"

"멘마……."

얘가 왜 이러지……?

어째서 이렇게 아나루를 막 칭찬하는 거야?

"그 말은…… 나하고 안조가 잘되길 바란다는 의미야?"

"잘돼?"

"아니, 그게 있잖아. ……사이좋게 지내길 바란다는 의미야?"

"응! 지금도 사이좋지만, 더 많이, 더 많이 좋아지면 훨씬 많이 즐거울 거야!"

싸하게 식은 머릿속 한 군데. 무지무지 뜨거운, 딱딱한 덩어리 같은 것이 생겼다. ──그런 기분이 들었다.

그 말을 하면 안 된다. 그건 알지만, 그래도.

"내…… 마음은…… 어쩌라고?"

"……진땅?"

나는 멘마를 응시했다.

가녀린 어깨에 손을 댄다.

나만이 만질 수 있는, 특별한 어깨.

"어……?"

확 끌어당긴다. 멘마의 긴 머리칼이 사르르 흔들려서 코 끝을 간질인다.

그 달콤한 향기. ……이대로 더 끌어당겨서. 얼굴을 더 가까이 하고. 그리고…….

"!?"

탁, 하고 밀쳐냈다.

"아, 아와와!?"

멘마가 훅 넘어갔다. 아까 내가 안조에게 당한 것과 똑같이.

"헤이헤이, 가드가 약해!"

"뭐야, 뭐야!? 진땅은 정말 어린애야!!"

멘마는 볼을 빵빵 부풀리고 내 어깨를 쿡쿡 찔렀다. 그것을 웃으면서 달랜다. ……멘마도 어느새 웃고 있었다.

그럴 수 없다.

멘마는 이토록 더러운 감정을 모른다.

나만이 만질 수 있는 멘마. 하지만 절대로 만져서는 안 되는 멘마.

"자, 앉아서 기다려. 마르셰 데울 테니까."

"네에—."

멘마는 거실로 돌아가면서 재차 뒤돌아봤다.

"있잖아…… 진땅, 잊지 마!"

"어?"

"교환일기, 꼭 써야 해. 밀리면 안 돼. 무조건이야!"

기억의 구멍,
문득 깨달은 사실

이대로는 어른이 될 수 없다.

그래서 멘마의 소원을 들어주기로 결심했다.

그랬더니 어두컴컴한 《구멍》에서 들려오는 멘마의 목소리가 점점 작아지는 것 같다.

덤으로 왠지 나 자신이 무럭무럭 자라는 것 같았다.

무럭무럭, 무럭무럭. 비밀기지 주위에 우거진 나뭇잎. 얇고 예쁜 그 녹색은 점점 진해져서, 따따하고 거무스름한 칭록색이 되었다.

그러고 나서 '어라?' 하는 생각이 들었다.

정말로 어른이 되고 싶은 거야?

그날로 돌아가고픈 마음

메이코는 혼자서 비밀기지로 이어지는 나무 사이를 걷고
있었다.

맑게 갠 초가을 하늘은 왠지 휑하니 속이 다 들여다보여
서, 멀리 떨어진 곳의 '봐도 소용없는 것'까지 선명하게 드
러내고 있다.

(어제 밤의 진땅은, 뭔가 이상한 진땅이었어.)

메이코는 생각한다. 진타는 잊지 않고 아츠무에게 일기를
넘겼을까? 그리고── 그때 불쑥, 나지막하게 들린 말.

'내······ 마음은······ 어쩌라고?'

(진땅의 마음······은 어떤 마음일까?)

애초에 그 마음은 누구를 향한 것일까?

자신──을 향한 것일지도 모른다고 생각한 적도 있었다.

주위에서 '진땅은 멘마를 좋아해.'라고 소곤소곤 입에서 입으로 돌아다니는 것을 들은 적이 있어서, '그런 일은 절대로 없어!'라고 하면서도 조금은 신경이 쓰이기도 했었다.

하지만 그날. 진타는 나루코의 물음에 대답했다. '누가 이딴 호박을!!'이라고.

(응…… 좀 너무하네.)

충격을 받았던 것 같기도 하다. 하지만 메이코는 얼마 못 가서 죽었기 때문에, 사실 별로 기억나는 게 없다. 그리고 지금은 진타가 자신을 잘 보살펴 주고 있으므로, 그 점은 별로 신경을 쓰지 않았다.

나루코가 진타를 좋아하는 마음은 진타의 신부가 되고픈 마음, 이라고 생각한다.

그렇다면 자신의 마음은?

(멘마도, 진땅의 신부가 되고픈 마음……일지도 몰라.)

"꺄악!"

얼굴이 화끈거린다. 의미도 없이 달음박질한다. 하지만——.

진타의 신부가 될 수 없다는 사실을, 잘 안다.

(괜찮아. 괜찮아. 괜찮아.)

발치에 난 작은 잡초들은 하나같이 메이코의 맨발에 상처를 주지 못한다.

진타는 '이딴 호박'을 신부로 맞기 싫을 테고── 애초에 자신은 이미 죽었으니까.

달리는 메이코의 뺨을, 바람이 스치고 지나간다.

모두가 폭죽을 쏘아 주려고 한다. 하지만 그것이 자신의 소원인지는 영 확실하지 않았다.

그리고 조금씩 되살아나고 있는, 메이코의 머릿속 기억의 조각.

진타의 어머니가 병상에서 한 말── '부탁할 게 있단다.' ── 그 말에 진짜 '소원'의 힌트가 있다는 생각이 들었다.

진타가, 그리고 모두가, 그토록 열심히 돈을 모으고 있다.

(이랬는데 진짜 소원이 아니면, 모두한테 미안한걸.)

그때 진타의 어머니가 무슨 말을 했는지…….

그것을 떠올리기 위해 기억의 단서를 찾아다닌다. 진타의 어머니가 한 부탁과 직접 연결되지 않아도, 연결되는 몇 가지 사건이 있을 터이다. 그리고 자신의 기억이 가장 많이 퍼진 곳은 역시 비밀기지이리라. ──메이코 자신은 그렇게 깊이 생각하지 않았지만, 무의식적으로 움직이고 있있다.

잘 모르는 연애 감정 비슷한 무언가와 우정과 후회와 초조함이 뒤범벅이 되어서, 메이코는 발을 멈추지 않고 계속 내달렸다.

그리고 비밀기지 앞에 선다. 초가을 하늘 아래의 어두컴

컴한 실내는 마치,

거대한 나무에 뻥 뚫린 《구멍》 같았다.

"안녕하세요……."
메이코는 천천히 《구멍》 안으로 들어간다. 그러자 어둠
속 실내 중앙에서 테츠도가 기둥을 빤히 쳐다보고 있었다.
"우와! 아, 놀래라. ……포포?"
가까이 다가가려다가 문득 발을 멈춘다.
(포포, 울어……?)
크게 뜬 눈에서 주르르 흘러내리는 눈물.
메이코는 테츠도가 왜 우는지 알 수 없었다. 그래서 어쩌
면 좋을지 몰랐다.
"……그럼 이만 일하러 가 보실까!"
테츠도는 철썩철썩 세수하고 근처에 있는 지저분한 수건에
얼굴을 슥슥 비빈 다음 그대로 "크응!" 하고 코를 풀었다.
포포는 비밀기지 앞에 놓인 스쿠터에 올라타 엔진을 부릉
부릉 울리며 떠났다. ……홀로 남겨진 멘마는 테츠도가 울
면서 바라보고 있었던 것에 시선을 주고…… 어깨를 움찔
떨었다.
"초, 평화…… 버스터즈."
기둥에 새겨진 모두의 증표.

초평화 버스터즈가 결성된 그날. 진타와 포포가 의자에 올라가 새긴 글씨.

메이코는 빤히, 빤히, 그것을 바라봤다. 그러자 아까 테츠도가 그랬던 것처럼, 계속해서 눈물이 흘러내렸다———.

멘마는 그날 진타와 포포가 그랬듯, 의자를 옮겨서 기둥 아래에 두었다. 그리고 휘청휘청 올라가 펜을 손에 들었다.

*

로켓 폭죽이란 폭죽 장인 아저씨가 봤을 때 그렇게까지 복잡한 구조가 아니라고 한다.

멘마도 함께 대략적인 사전 작업을 마치고, 마지막 조정 작업은 현장에서 진행하기로 했다. 이제는 발사 일정을 정하고 그대로 추진하기만 하면 됐다.

그래도 축제도 아닌 날에 폭죽을 쏘려면 동네 사람들의 양해를 구하는 식으로…… 밟아야 할 수순이 있는 법이다. 그 진행을 위한 사전 조율, 그 회의가 좀처럼 열리지 않아 9월도 중순이 지나고 말았다.

일정이 정해지지 않은 것은 내 탓이다.

아르바이트가 어떻다느니, 다니지도 않는 학교가 어떻다느니 핑계를 대서 질질 미루고 있었다. 안조와 얼굴을 마주치는 것도 왠지 거북하고…… 무엇보다 이것으로 멘마의 소원이 이뤄진다는 생각에 마음이 영 내키지 않았다.

그래도 오늘. 우리는 비밀기지에 모여 논의하기로 했다. ——마츠유키와 츠루미가 갑자기 적극적으로 나섰기 때문이다.

마츠유키는 교환일기에도 '회의 일정을 정해야지.' 라고 썼다. 이에 츠루미도 '그러게. 나는 15일만 아니라면 움직일 수 있어.' 라고 일기로 대답해서, 이어서 다른 멤버들도 덩달아 자신들의 일정을 적어 버렸다.

나는…… 츠루미가 움직일 수 없다고 한 15일에만 '이날만 가능.' 이라고 적었다. 그랬더니 츠루미가 아무렇지도 않게 '그럼 선약을 취소할게.' 라고…….

뭐야, 너희는 그렇게까지 해서 멘마를 성불시키고 싶은 거야?

"……하아. 나도 참 앞뒤가 안 맞네."

"왜 그래, 진땅?"

"아니야, 별일…… 아, 아무것도 아니야."

"아아! 진땅, 지금 별일 아니라고 하려다가 말 바꿨지! 별일 아니야 별 사람 그만두면 친구들이 슬퍼해!"

"친구는 또 누군데."

비밀기지에는 아직 포포와 멘마밖에 없다.

포포는 멘마의 커피에 편의점에서 사 온 생크림을 넣었다.

멘마는 꺄아꺄아 신이 나서 양손으로 컵을 들고 마시고 있다.

덜컥. 문이 삐걱대듯이 흔들리고, 마츠유키와 츠루미가 들어왔다.

"고생이 많다."

"유키아츠!"

"간식 가져왔어. 과자하고 기타 등등."

"나는 콜라…… 다이어트 콜라와 라이트. 그리고 녹차."

"이봐이봐! 뭐야, 유키아츠루코! 센스 좋은데. 이러면 완전히 파티잖아!"

"……그렇군. 이참에 파티도 같이 하는 게 좋겠는데?"

그렇게 말하고 마츠유키는 입가를 실룩거렸다.

"폭죽을 쏘아 올리면 멘마가 성불할 테니까…… 이건 송별회라고 해야 하나?"

"!"

멘마의, 송별회.

정말로 끝난다는 사실을 강제로 의식하게 하는 말. 포포도 똑같은 느낌이 든 것이리라. 한순간 얼굴 근육이 굳었다.

"와아아아아, 송별회! 있잖아, 진땅! 우리도 뭔가 가지고 올 걸 그랬어!"

멘마는 눈을 빛내고 내 팔을 붕붕 흔든다.

"진정해, 멘마……."

"저기, 진땅."

"응?"

포포가 고개를 숙인 채 보이지 않는 멘마를 찾는 눈으로 중얼거렸다.

"멘마, 기뻐해?"

"으, 응……."

"……그, 렇군."

포포는 콧김을 흥 내뿜고 얼굴을 들었다. 이제는 평소처럼 멍청하게 웃는 얼굴이다.

"좋아! 그럼 우선 배부터 채워 보실까! ……자, 멘마. 좋아하는 거 먹어라. 사양하지 말고!"

"와~!"

"자, 진땅도! 유키아츠루코도, 먹어, 먹어!"

"우리가 사 온 건데……. 그래, 알았어."

이렇게 멘마의 송별회가 시작됐다. 멘마는 멤버들 주위에서 신나게 떠들고 있다.

마츠유키와 츠루미가 문득 시선을 주고받았다. 뭔가 꿍꿍이가 있는 듯한 낌새를 보니 위장 언저리에서 불길한 예감이 무럭무럭 샘솟는다.

이 녀석들은── 무슨 속셈이지?

*

나루코는 다리 중앙에 멈춰 서 있었다. 여기부터 앞으로 나갈 용기가 나지 않았다.

(이게…… 뭐야.)

메일을 빤히 본다. 아츠무가 어제 보낸 메일. '그날 일을 재현하겠다.'고 적혀 있었다. 나루코도 재현을 도우라고 말이다.

메일을 받았을 적에는 손이 떨렸다. 무슨 생각일까? 그날 모두가 받은 상처를…… 더군다나 멘마의 죽음을 모욕하는 일이 되지는 않을까?

분노에 몸을 맡기고 아츠무에게 따질까 했지만, 그 전에 나루코는 치리코에게 전화를 걸었다. 치리코는 감정을 억누른 듯 무덤덤하게 말했다.

"용서받을 수 없다는 건 알아."

하지만 이것이 메이코의 '소원'일지도 모른다고…… 진타의 진심을 알 수만 있다면, 어쩌면 메이코는.

괜한 짓이라고 생각했다. 하지만 그 '소원'이 틀렸다고, 나루코는 단언할 수 없었다. 만약 자신이 메이코였다면, 진타를 향한 마음이 무르익은 지금, 그것은 귀신이 되어 돌아올 충분한 이유처럼 느껴졌다.

(그래도 싫어……. 이제, 그런 일은.)

발밑에서 물이 흐르는 소리가 들려온다. 시냇물 소리치고는 왠지 흉흉해서, 좋든 싫은 '그날의 결과'를 떠올리게 했다. 무서워서 발길을 돌리려는 참에 메일 수신음이 울려 퍼졌다. '빨리 와라. 다들 모여 있다.' 아츠무가 보낸 메일이었다.

"헛소리 집어치워……!"

나루코는 무의식중에 중얼거리고 메일을 썼다. '너희는 상관없겠지만, 같이 당하는 우리 입장도 생각해 봐.' 라고. 그러자 송신 버튼을 누르고 10초 만에 답장이 왔다.

『히사카와도 납득했다. 모르는 사람은 야도미와 멘마뿐이다.』

그 글씨를 보고, 샌들을 신은 발끝이 싸늘하게 식는 것을 느꼈다.

그, 테츠도가——?

비밀기지 문에 손을 댄다. 그러자 안에서 테츠도의 기운 찬 목소리가 들려왔다. 그 소리에 떠밀린 듯, 나루코는 문을 열었다.

"오오, 아나루! 너 왜 이리 늦었냐!"

테츠도는 웃으면서 다가와 콜라가 든 종이컵을 건넸다. 나루코는 테츠도를 슬쩍 흘겨봤다. 하지만 테츠도는 헤실헤실 웃을 뿐.

(정말로 아는 거 맞아?)

얼굴을 들어 보니 아츠무와 치리코가 이쪽을 보고 가볍게 고개를 끄덕였다. 다 안다는 듯한 얼굴이 짜증이 나서, 진타

쪽으로 시선을 돌린다.

"아…….."

진타와 시선이 엉킨다. 두근, 하고 심장이 뛴다.

그러나 진타는 시선을 슬쩍 내렸다. 나루코의 눈을 피하듯이.

그 시선이 닿는 곳에는 틀림없이 멘마가 있을 것이다――.

아츠무가 '그날 일을 재현하겠다.'고 메일을 보내지 않았어도, 오늘은 비밀기지에 오기 싫었다. 진타와 얼굴을 마주치고 싶지 않았던 것이다. 그런 식으로 고백한 다음에 무슨 낯으로 만나야 좋을지…….

하지만 해답은 너무나도 간단했다. 진타는 처음부터 나루코가 '안중에 없었다'. 그리고 아무도 보지 못하는 메이코를 '보고 있다'. 그게 전부다.

"좋아! 아나루도 왔으니 슬슬 본격적으로 파티를 시작해야지. 멘마, 뭔가 한마디 부탁하마!"

요란하게 손뼉을 치는 포포. 다른 멤버들도 짝, 짝…… 손뼉을 친다.

(괜찮아, 진땅?)

진타는 그저 메이코가 있을 한 지점을 바라볼 뿐이다. 진타의 시선이 포포의 옆으로 이동하는 것을 모두가 가만히 지켜보고 있었다.

"맞다! 마침 교환일기가 내 차례였지. ……자! 여기에 인사 좀 써 주라, 멘마!"

포포는 일기와 펜을 공중에 내밀었다. 그러자 얼마 후 그 것이 허공에 붕 떴다. 메이코가 받아 든 것이리라.

스르륵, 펜이 움직이기 시작한다.

『오늘은 멘마를 위해 모여 줘서 고맙습니다.』

"아⋯⋯."

『멘마는 폭죽을 쏘고 성불할 거예요.』

글씨가 나타날 때마다, 마치 몸이 찢기는 듯 진타의 얼굴이 고통스럽게 일그러진다. 가슴 언저리가 희미하게, 격하게 오르내리고 있다.

(어째서? 진땅을 말려야 해.)

『마지막까지 모두와 사이좋게 지내고 싶습니다. 잘 부탁드려요.』

테츠도의 얼굴이 울음을 터뜨리기 직전의 아기처럼 일그러졌다. 그것을 얼버무리듯 손이 터질 듯 손뼉을 쳤다.

"멘마 양의 인사가 있었습니다아!"

아츠무도, 치리코도, 마찬가지로 손뼉을 치고 있다.

(뭐야⋯⋯ 대체 뭐야?)

놀라우리만큼 우스꽝스러운 촌극. 비밀기지에 흐르는 분위기가, 나루코는 불쾌했다.

여기서 도망치고 싶다고 생각했다. 지금 당장, 진타의 손을 잡고——.

"저기, 아무나 말이야. 오락거리 준비한 사람은 없나?"

나루코의 생각을, 아츠무가 차단했다.

"멘마의 송별회, 니까…… 기왕에 하는 김에 뭔가 해 보자."

치리코가 아츠무에게 슬쩍 눈짓을 했다. 그 눈빛을 보고, 드디어 지금부터 '시작된다.' 는 것을 이해할 수 있었다.

(잠깐만! 나는 아직 한다고 한 적 없거든!)

나루코는 아츠무를 노려봤지만, 아츠무 본인은 가볍게 넘겼다.

"오오, 그거 좋은 생각인데! 근데 뭘 하지?"

테츠도가 호응하고 나선다. 나루코는 초조했다. 아아, 역시 각본을 짠 거였어.

안 돼, 그 이상은. 그런 짓을 했다간──.

"그렇군. 다시── 그날처럼 해 보는 게 어떨까?"

"!!"

"무슨 소리야? 그날이라니……."

"그날, 어기서, 있있던 일을 재현하는 거다."

의미를 전혀 모르겠다는 얼굴을 했던 진타가 순식간에 창백해진다. 그 얼굴을 끝까지 볼 수가 없었다.

"여기서, 있었던 일……!?"

"진땅!"

나루코는 무의식중에 진타에게 달려가려고 했다. 진타와

함께 여기를 벗어나려고 한 것이다. 그러나—— 그런 나루 코의 옆을, 진타는 뛰어서 지나쳐 버렸다.

"어……!?"

"집에 가자, 멘마!!"

진타는 나루코와 다른 멤버들에게 '단순한 허공으로 보이는 곳'에 손을 뻗었다.

"가자고, 어서! ……그래, 그건 이제 됐으니까! 뭐? 왜 그러는데. 그야 이딴…… 아, 멘마!"

그리고 모두에게 전혀 안 들리는 목소리와 대화를 계속한다. 손이 막 움직이고 있다. 메이코가 저항하고 있는 걸까?

(아아…….)

나루코는 몸에서 힘이 빠져나가는 것을 느꼈다.

역시 진타와 메이코 사이에는 파고들 틈이 없다. ——그 날부터, 아니 그보다 훨씬 이전부터.

"아나루!"

그 순간, 아츠무가 외쳤다. 똑같은 무력감을, 아츠무도 느끼고 있었다.

"아……!"

아츠무의 목소리에 힘을 얻은 듯, 나루코는 결의했다.

확실하게 상처를 받는다. 상처를 준다. 하지만 그 말을 하지 않으면, 메이코의 소원은 이뤄질 수 없다. 메이코는 성불할 수 없다.

영원히—— 진타의 앞에 설 수가 없다.

"……진땅은,"

"하지 마!!"

진타의 절규가 나루코의 어깨를 뒤흔든다. 아츠무가, 치리코가, 테츠도가, 기도하듯이 나루코를 바라보고 있다. 그렇다. 이제는 멈출 수 없다.

"그만둬. ——아나루!"

진타는 무의식중에 나루코의 별명을 불렀다.

그것이 나루코에게 고리가 되고 말았다. 그 시절의 마음과 지금을 하나로 잇는 고리. 나루코는 침을 삼키고, 떨리는 턱을 확 들었다.

"멘마를, 좋아하지?"

진타의 귀 언저리가 확 달아오른다. 하지만 그것은 그 시절처럼 쑥스러워서 그런 게 아니다. 분노가 그렇게 만든 것이다.

"너희는, 말도 안 돼…… 최악이야!!"

증오가 어린 진타의 눈이 그 자리에 있는 모두를 향한다. 나루코는 진이 빠진 듯 그 자리에 털썩 주저앉고 말았다.

나루코의 차례는 끝났다는 듯, 이번에는 아츠무가 진타를 향해 한 걸음 나선다.

"말해."

"유키아츠, 너……!"

"멘마, 있지? 똑바로 말해."

잠자코 듣고만 있었던 포포도 불쑥 중얼거렸다.

"말……해라."

"!"

"말해라, 말해라, 말해라."

그날처럼 부추기는 소리. 하지만 테츠도는 장난을 치는 기미가 일절 없다. 감정이 어디에도 안 보이는 공허한 눈으로, 힘없는 목소리로, 계속 말한다.

"말해라, 말해라……."

"포, 포……."

테츠도의 목소리가 비밀기지에 울린다.

진타는 이를 꽉 악문 뒤 그 자리에서 달음질했다.

"진땅!"

치리코가 별명을 부른다. 진타는 문을 박차고 나갔다.

메이코의 손을 끄는 낌새는 없다. 그 이상 머물 수 없다고 판단한 것이리라. 확확 멀어지는 뒷모습은── 그날과 똑같다.

(그래선, 안 돼……!!)

나루코가 소리치려고 했다. ──그보다 먼저, 테츠도가 진타를 쫓는다.

"안 돼── 안 된다고오오오오!!"

테츠도는 훅훅 진타를 따라잡는다.

다른 멤버들도 뒤따라 밤 속으로 뛰어들었다.

(멘마는?!)

나루코는 주위를 황급히 살폈다. 메이코는 진타를 쫓아갔을까? 그날 그랬던 것처럼?

테츠도는 깍두기였던 시절의 포포가 아니었다. 전력을 다해 질주하고, 진타를 점점 따라잡아서―― 마침내 강렬한 태클을 먹였다.

후드득……!

"……윽!"

고개를 드는 진타, 그 눈앞에는 눈물로 엉망이 된 포포의 얼굴이 있었다.

"도망치지 말라고오, 진따앙!"

"포……포?"

"여기, 서…… 도망치면! 똑같아, 진다고!!"

"똑같아, 지다니……."

"나……는, 나는…… 봤, 단 말이야……."

눈물과 콧물과 땀으로 뒤범벅이 되어서, 그런데도 닦으려고 하지 않은 채, 테츠도는 절규했다.

"멘마가―― 죽어가는 걸!!"

기억의 구멍,
결코 잊지 못하는

비가 온 다음 날, 탁해진 시냇물에 떠내려간다.

천으로 만든 하얀 꽃이, 하늘하늘, 바람에 흔들리는 것처럼.

쫓아가려고 했지만, 다리가 후들후들해서, 잘 뛸 수가 없다.

꽃이 가라앉는 순간—— 이쪽을 본 것 같았다.

기억나지 않는다. 어떤 눈을 했는지. 나를 원망하는, 나를 탓하는 눈이었을까?

그래도 그 눈은, 그날부터 나를 빤히 바라보고 있다.

어떤 눈이었는지 기억이 안 나는데도. 이쪽을 본다는 것만큼은 알 수 있었다.

내 마음의 《구멍》에서 가만히…… 조용히, 아무 말도 없이.

＊

　죽어가는 멘마를 봤다.

　포포의 고백은 너무나 충격적이어서, 역으로 머릿속에 공백이 생기고── 아아, 이것도 두 번째다. ──하고, 포포의 무식한 힘에 붙들린 채 느꼈다.

　첫 번째는 여장한 마츠유키가 내 몸에 올라탔을 때 느꼈다. 내 얼굴에 뚝뚝 떨어지는 눈물과 콧물 때문에, 지긋지긋하리만치 의식하고 만다.

　그날 이후로, 우리가 멘마와 함께 살아왔다는 것을.

　"멘마가 죽는 걸 봤다고……?"

　마츠유키는 말을 꺼내려다가 멈췄다. 그 이상 자세한 묘사를, 포포가 이야기하는 것이 두려웠던 것이리라.

　나도 두려웠다. 조금 상상하는 것만으로도 비명을 지르고 싶어진다.

　하지만 그것을── 포포는 지금껏 혼자 끌어안고 있었다.

　"나는…… 이곳에, 더 있고 싶지 않았……어. 멘마가 사라진…… 이 장소, 에서. 도망치고 싶었어. ……그날부터."

　포포는 북받쳐 오르는 오열을 참으며 말을 이었다.

　"고등학교도 안 가고, 알바를 해서, 이곳저곳…… 세계로…… 멀리 가면, 달라질 줄 알았는데! 죽어가는 멘마를, 구할 수 없어서…… 머릿속이 새하얘져서, 그저…… 지켜볼 수밖에, 없어서! 그렇게 한심한 나를, 지울 수 있다고…… 그날 일을, 잊을 수 있다고 생각했는데!"

"아……."

"하지만 안 돼. 어떻게 해도 돌아오고 만다고——."

포포는 얼굴을 들어 비밀기지를 쳐다본다. 그곳에는…… 문 근처에 우두커니 서 있는 멘마가 있었다.

포포는 멘마가 보이지 않을 텐데도. 마치 멘마를 향해 말하듯 소리쳤다.

"우리의…… 이 장소에……!"

느닷없이 어깨가 확 가벼워진다. 포포가 내 위에서 내려와 그 자리에서 난데없이 무릎을 꿇고 머리를 바닥에 댔다.

"포포……?"

"부탁이야, 진땅! 얘들아……!"

포포가 땅바닥에 머리를 벅벅 문지른다. 눈물과 콧물로 얼룩진 얼굴에 흙이 덕지덕지 묻는다.

"제발…… 너희도 멘마를 성불시켜 줘! 내가…… 그날을, 참회할 수 있게 해 줘!"

"아……."

"이기적이라는 건 알아! 하지만 이래서는 지울 수가 없어…… 눈앞에서…… 점점 죽어가는, 멀어지는, 멘마가——

지워지지 않는다고오오오!!"

포포는 그대로 흙에 얼굴을 파묻고 *끄억끄억* 딸꾹질을 했다. 둔덕지게 웅크린 몸이 격하게 오르내리고 있다.

"포포⋯⋯."

안조도, 츠루미도, 울고 있었다. 마츠유키도 입을 막고 있다.

그렇구나. ⋯⋯그랬던 거야.

멘마가 돌아왔다. 그 황당무계한 말을 가장 먼저 믿어 준 포포. 다른 누구보다도, 멘마의 소원을 들어주기 위해 성의를 다했던 포포.

그것은 멘마를 위한 게 아니었다. 짓눌릴 것만 같은 죄의 무게를, 조금이라도 해소하고 싶었던 것이다.

하지만⋯⋯ 아무도 포포를 탓할 수 없다.

나도, 마츠유키도, 츠루미도, 안조도. 모두가 그날에 사로잡혀서. 그날로부터 도망치려고 했으니까⋯⋯.

"아⋯⋯."

멘마가 천천히 포포에게 다가간다.

"멘, 마⋯⋯?"

"아⋯⋯."

웅크린 채로 있는 포포의 머리를, 멘마는 아이를 달래듯 부드럽게 어루만졌다. 그리고 마치 어머니처럼 온화한 말을 입에 담았다.

"무서웠구나."

"멘, 마……?"

"포포, 무서웠구나."

"포포, 무서웠구나, 라고…… 멘마가 말했어."

"아……!"

실컷 울었던 포포의 눈에 아직도 이렇게나 수분이 남아 있었는지 의아할 정도로, 눈물이 그렁그렁 맺힌다.

"메──멘마아아아아아!!"

포포의 통곡이 주위에 울려 퍼진다. 마츠유키 때도 그랬다……. 이 비밀기지에는, 이 숲에는, 우리의 마음을 완전히 알몸으로 만드는 무언가가 있다.

마츠유키는 여장을 드러냈다.

포포는 자신의 죄를 드러냈다.

안조도, 츠루미도. 자신이 상처 입는 것을 두려워하지 않고, 그날의 일을 재현하려고 했다. ……그런데도.

"미안해, 얘들아."

내 목소리에, 모두의 시선이 일제히 모인다.

왠지 옛날 같다……. 내 말을, 모두가 기다리고 있다.

그렇구나. 지금 처음 깨달았다.

모두의 앞을 성큼성큼 나아가는 리더였던 나. 하지만 그게 아니었다. 모두가 내가 걸음을 떼기를 기다려 준 것이다.

그렇다면 전진해야지.

한심하고, 꼴사나운 리더지만. 모두가 기다려 준다면 걸어야 한다. 나는 얼굴을 들었다.

그리고 모두가 보는 앞에서, 당당히 선언하는 것이다.

"나는―― 멘마를, 좋아해."

*

다리 위를 걷는다. 멘마와 나란히 걷는다.

멘마는 사라지지 않았다. ……역시나 소원은 그것이 아니었다.

"포포…… 얼굴 깨끗이 씻었을까?"

다른 멤버들은 조금만 더 비밀기지에 남겠다고 했다. 함께 나오지 않은 것은, 나와 멘마를 둘이서 있게 하려고 괜히 배려한 까닭이리라.

정말이지 쓸데없는 참견이다. ……그 공개적 고백이 있은 뒤에 멘마와 단둘이서 있으니 속이 영 거북하다.

그런 내 마음을 아는지 모르는지. 멘마는 조잘조잘 떠들어대고 있었다.

"그런 걸 걱정할 필요는 없는데. 멘마도 있지, 죽었을 때 어땠는지 기억이 안 나는걸. 아팠다든지, 괴로웠다든지, 그런 게 없었다는 건 아는데. ……아! 포포한테 말할걸! 계속 미안하다고 생각하면 불쌍한걸!"

"……이럴 때까지 남을 걱정하는 거냐."

무심코 피식 웃고 만다. 멘마가 그 순간에 '괴롭지 않았다.'는 것을 알아서 안심한 까닭도 있다. 내가 웃자 멘마의 표정도 풀렸다.

"있잖아, 진땅."

"응?"

"아까 진땅이 말한 거, 진담이야?"

긴장을 풀었을 때 예상치 못한 공격이 들어오자 "노!" 하고 영문도 모를 소리가 튀어나온다. 하지만 곧장 마음을 다잡았다. 그렇다. 나는 이제 도망치지 않는다.

"진담……이야."

"헤헤헤. 멘마도 진땅이 좋아!"

멘마는 생긋 웃었다. 제길, 진짜 귀엽잖아…….

"아, 좋아한다는 건 말이야. 친구라서 좋아한다는 게…… 아니야. 네가 예전에 말한……."

"멘마도 아는걸? 신부로 삼고 싶다는 뜻이지?"

"너 말이야………. 어?"

가로등이 드문드문 이어져 어둠과 빛이 뒤섞인 가운데, 멘마는 어딘가 괴로운 듯, 지금껏 보인 적이 없는 어른스러운 얼굴을 내비치고 있다.

"멘마…… 아나루한테 미안하다고 할래."

"……어?"

"멘마의 '좋아' 도…… 진땅의 신부가 되고픈 마음, 이거든."

"멘마……!"

멘마는 애절하게 시선을 내린다.

가도에 드리운 그림자는 나밖에 없다. 멘마의 그림자는 비치지 않는다.

"멘마가 평범하게 있지, 이렇게 자랐으면…… 멘마는 진땅의 신부가 됐을까?"

"……!"

뭐야, 그러면 마치.

"평범하지…… 않아도. 함께 있을 수 있잖아? ……나는 네가 보이니까…… 이대로."

목이 탄다. 그래도,

"성불하지 않아도…… 이대로, 여기 있으면 되잖아……."

"진땅……!"

말해…… 버렸다.

어색한 침묵이 흐른다. 멘마는 그게 싫었는지 내 곁에서 떨어지듯 몇 걸음 타다다다 뛰었다.

"멘마!"

딱 멈춰 서고, 멘마가 뒤돌아봤다.

언제나 그렇듯, 부드럽고 나른하게 웃는 얼굴.

"성불, 할 거야."

"어……?"

"있잖아, 다시 태어나는 거야!"

멘마는 웃으며 이야기했다.

"꽃이나, 고구마 같은 게 되면 힘들겠지만! 다시 인간이 되면 있지. 다 같이 이야기할 수 있어!"

"다, 같이?"

"응! 초평화 버스터즈가 다 같이! 멘마가 멍멍이가 돼도, 이야기할 수 있어. 성불 안 하면 못하는걸. 모두가 멘마를 볼 수 없고…… 다 같이 떠들 수 없는걸!"

다 같이 떠들고 싶다.

이제야 내 마음을 말할 수 있었는데, 이제야 멘마의 마음을 알 수 있었는데. 이제야 마음이 통할 수 있었는데——.

"……딴 애들은, 아무래도 좋잖아."

"에에에, 안 좋아! 초평화 버스터즈인걸!?"

"뭐가 '초평화 버스터즈인걸'이야. 의미를 모르겠어."

하지만…… 어쩔 수 없다고 생각하고 있었다.

모두가 멘마를 만나고 싶어 했다.

그 기쁨을 맛볼 수 있었던 것은 나뿐이다.

무엇보다도 친구들을 생각하고, 초평화 버스터즈를 생각하고, 자신보다 남 걱정만 하는…… 그런 멘마는 지금 상황이 괴롭겠지.

그리고 나는…… 그런 멘마가 역시 좋아서――.

"어라? …………진땅, 울어?"

"!?"

어느새 나는 울고 있었다. 눈물이 또르르 흘러넘친다. ……눈시울이 뜨거워지는 이 감각은, 대체 몇 년 만에 느끼는 것일까?

이제는 기억을 떠올릴 수 없으리만치 오래된 기억.

나는 황급히 팔로 눈을 가렸다. 뭔가, 뭔가 변명해야…….

"왜 울어, 진땅!? 왜……."

"플랜더스의!!

"혜?"

"플랜더스의…… 개가, 생각나서…… 그런 거야."

"어?"

"어?"

입을 동그랗게 벌리는 멘마. 내가 생각해도 어처구니없는 변명이라서 깜짝 놀랐다. 하지만 한 번 꺼낸 변명은 도로 주워 담을 수 없다.

"파트라슈…… 플랜더스의 개 말이야……. 옛날에 재방송한…… 그거."

손등으로 눈물을 훔치면서 말을 잇는다. 아아, 너무 뻔한 거짓말이다. 앞뒤 맥락이 하나도 없다. 아아…… 멘마의 성불과 파트라슈의 승천이 무의식적으로 이어진 걸까? 하지만 그렇다고 해도…….

"——진땅!"

내 어쭙잖은 생각을 가로막듯이, 멘마는 몸을 앞으로 쑥 내밀었다. 그리고 내 손을 확 잡고 꼭 쥐었다.

"파트라슈는 있지…… 행복했을 거야!"

"아…….."

흔들림 없이, 힘차게. 멘마가 나를 바라보고 있다.

내 손을, 열띤 말과 함께 붕붕 흔든다.

"네로한테 무척 많이 사랑받았잖아! 친구였잖아? 그러니까, 맞지?"

"으…… 으윽……."

한심하게도, 멘마가 달래는 말을 들으니 눈물이 멈추지 않았다.

멘마를 정말 좋아한다고 생각하니, 멈추지 않았다.

끄넉, 끄덕. 고개를 끄덕일 수밖에 없는 내 손을, 멘마는 부드럽게 감싸려고 했다.

"그럼 진땅. 이대로 손에 손 잡고 집에 가자!"

멘마와 둘이서 집으로 돌아가는 길.

다리 위에 비친 나 혼자만의 그림자를 보면서. 그래도 손

바닥에 멘마의 온기를 느끼면서.

　이토록 가까운데도, 이토록 멀어서.

　그리고 나는—— 안타깝다는 말의 의미를 처음 알았다.

＊

　"멘마, 환생이라고 아니?"

　포근한 빛이 충만한 병실에서, 진타의 어머니가 미소를 지어 보였다.

　다른 사람들에게 말없이 혼자 병문안을 온 메이코는 고개를 갸웃 움직였다.

　"환생……?"

　"그래. 만약에 생명이 끝나더라도…… 다시 아기가 되어서 이 세상에 태어날 수 있단다. 인간이 아니라 아기 고양이나 아기 꽃이 될지도 몰라."

　"헤에에에! 굉장해…… 아."

　그 말의 의미를 깨달은 메이코가 눈빛을 흐린다.

　"후후. 그래서 쓸쓸하지 않단다. 나는 이 세상을 잠시 떠날지도 모르지만…… 금방 다시 태어날 거란다?"

　"그, 그치만! 진땅은 쓸쓸할 건데?"

　"응……."

　진타의 어머니는 얼굴을 슥 들었다. 병실에서 흔들리는

하얀 커튼보다 훨씬 하얗고 투명한 손목.

"그러게⋯⋯."

진타의 어머니는 메이코를 바라봤다. 그 시선은 아이를 상대하는 그것과 달리, 어딘가 절박한 구석이 있었다.

"너한테 부탁할 게 있단다──."

행복한 시간

아침, 이다.

언제쯤 잠들었을까? 그런 고백도 있어서 어제 밤에는 도저히 잠들 수 없을 줄 알았는데…….

"!"

문득 고개를 들어 보니 침대에 멘마가 없다.

"멘마…… 멘마!?"

허섭시섭 소파에서 일어나 멘마의 이름을 외치며 계단을 뛰어 내려간다.

"어디야, 멘마! 멘마!!"

"왜에?"

"!?"

아침에만 햇빛이 드는 주방에, 멘마가 서 있었다.

그 흐릿한 빛 속에, 멘마는 오늘도 사랑스럽게 웃고 있었다.

"잘 잤어, 진땅? 그럼 못써…… 아저씨가 아까 막 나갔는걸? 자꾸 멘마, 멘마 그러면 아저씨가 자기 이름이 '멘마'인 줄 알고 깜짝 놀랄걸?"

"아……아아. 그러게. 미안……."

다행이다. 정말 다행이다.

멘마가—— 사라져 버린 줄, 알았다.

그때 딩동, 소리가 연속으로 들렸다. 접촉 상태가 나빴던 인터폰은 요새 이상하게도 멀쩡하다.

"누구지? 나가요……."

"야, 잠깐만. 나도 나갈게."

"딩동, 누를 때는 초평화 버스터즈 멤버가 왔을 때야!"

"그랬던가?"

내게 바짝 붙어서 따라오는 멘마의 옆에서 문을 연다.

"봐, 정답이지! 포포다!"

문 앞에는 눈이 벌겋게 부은 포포가 서 있었다.

"안녕, 진땅."

"그, 그래. ……안녕."

포포는 평소와 달리 무뚝뚝한 말투다.

"……멘마, 있어?"

"응, 있어! 여기 있어요, *꼬꼬꼬꼬꼬꼬*!"

하나도 안 똑같지만, 아무래도 닭 흉내를 내는 것 같다.
멘마는 손을 부리처럼 만들고 포포의 배를 찔렀다.

"오! 메, 멘마…… 있는 것 같군."

포포는 배에 들어오는 미묘한 데미지를 감지한 것 같다.

"저기, 있잖아. 어제는 미안해."

"에에에, 왜 미안해? 전혀 미안할 거 없는걸!"

"미안해할 게 하나도 없대."

"……응."

포포는 쑥스러운 듯 고개를 끄덕였다. 그리고 뒤통수 언저리를 잠시 만진 뒤, 손에 든 종이봉투 안에서 교환일기를 꺼냈다.

"그래서 있지. 이거 받아."

"와아, 대단해! 포포는 금방 써 줬구나……. 진땅하고 하늘과 땅!"

"시끄러워."

"그럼 나는…… 알바 있으니까, 이만."

"네에, 살 다녀오세요!"

"잘 다녀와."

포포는 등 뒤에 펼쳐진 가을 하늘처럼 해맑은 목소리로 외쳤다.

"오냐, 다녀오마!"

거실로 돌아오자, 멘마가 일기를 손에 든 나를 쿡쿡 찔렀다.

"저기, 어서, 진땅! 일기 볼래, 멘마!"

"알았다고……."

멘마의 재촉을 받고 페이지를 펼친다. 그곳에는 지저분한 주제에 묘하게 읽기 편한 글씨가 빼곡하고 꼼꼼하게 나열되어 있었다.

『오늘은 정말 다행이다. 너무 다행이다.

멘마, 돌아와 줘서 고맙다.

나는 이제 예전처럼 말고, 진짜로 뱃속부터 멘마의 소원을 들어주고 싶어. 초평화 버스터즈에서 할 수 있는 일이 뭔가 없을까?

얼마든지 맡겨만 두라고, 멘마. 모두가, 반드시 해결할 테니까.

너희도 알았지? 폭죽, 꼭 쏘아 올리자.』

"너희도, 알았지? ……래."

풉. 하고 웃음이 터져 나온다. 언제나 깍두기였던 포포가 주먹을 번쩍 치켜들고 모두를 선동하려고 한다. 그 사실이 기뻤다.

"저기, 멘마…… 멘마?"

"으……으엥……."

"아~아, 또 울어?"

"훌쩍…… 진땅도, 울었잖아? 어제……."

"시끄러워."

"진땅! 얼른, 얼른! 일기 써!"

"아아, 알았어."

멘마의 재촉을 받고, 나는 일기를 썼다. 한 줄밖에 안 썼지만.

『알았슴다. 끝까지 따라가겠슴다, 포포 선배님!』

장난기가 있는 말. 하지만 진심이었다.

나는 여태까지 모두의 리더라는 마음을 잊지 못했던 것이다. 그래서 지금처럼 집에 틀어박혀 지내는 자신이 부끄러워서, 괜히 몸을 뻣뻣하게 굳히고 살았다.

하지만 생각하면 알 수 있는 일이었다. 초평화 버스터즈에는 위아래가 없다. 처음부터 말이다.

모두가 똑같이 최강이니까.

＊

그 이후로 우리는 틈만 나면 비밀기지에 모였다. 줄곧 마음에 걸렸었던 '그날'을 재현하고 나서부터, 모두가 제각기 무언가를 받아들이기 시작한 것이리라.

학교에 다니는 녀석은 학교가 끝나고. 아르바이트를 하는 녀석도 시간이 빌 때에. 나도 이제는 혼자서 비밀기지에 가지 않았다. 반드시 멘마를 데리고 간다. 내가 가지 못하는 때도, 멘마는 멋대로 비밀기지에 갔다.

요전번에는 보류 중이었던 발사 일정을 정했다. 10월 첫째 주.

폭죽 장인 아저씨가 겨울 축제를 준비하느라 바빠지기 전……이라고 해서, 그때가 아슬아슬한 한계선이었다.

『멘마한테도 전용 커피컵을 줄게. 뭐가 좋을까?』

츠루코의 질문에, 멘마는 신나서 '노란 새가 좋아!' 라고 대답했다. 최근에 마음에 들었나 보다. 예전에는 작은 리락쿠마가 좋다고 했으면서.

초평화 버스터즈의 모두가 멘마의 존재를 자연스럽게 받아들였다.

멘마가 있을 법한 곳에 과자를 내밀거나. 평범하게 "멘마는 어쩔래?"라고 묻거나.

더군다나 놀랍게도, 물어본 녀석이 돌아본 곳에는 반드시 멘마가 있었다. 모두가 멘마를 볼 수 없다는 사실을 깜빡 잊을 정도로.

『비밀기지의 벽 색깔은, 역시 오렌지색이 좋아. 해님처럼 환하고 눈부신 오렌지색. 그리고 있지, 츠루코가 모두의 그림을 그리는 거야!』

9월 막판에 태풍이 연속으로 와서 비밀기지가 상당한 피해를 받았다.

초평화 버스터즈가 모두 모이면, 그런 일조차 이벤트가 된다. 멘마를 중심으로 왁자지껄 복구 작업에 착수했다.

아나루의 일기를 계기로 츠루코가 벽에 그림을 그리게 됐다. 완강히 저항한 것치고는 진지하게 스케치를 하고, 우리 모두의 사진을 찍어 구도를 정하고 했다. 멘마의 얼굴에 한해서는 몰래 내게 '옛날과 달라진 멘마'에 대해 물어봤다. 어린 시절의 사진으로 그리면 되잖아, 라고 했더니 츠루코가 고개를 가로저었다.

"지금이 좋아…… 지금의, 이 시간을 각인하고 싶어."

벽을 복구하는 작업 도중에 어쩌다가 단둘이 있을 때, 아나루가 내게 말을 걸었다. 입을 열고 가장 먼저 한 소리는 옆구리를 후비는 듯 날카로운 말이었다.

"역시 난 네가 좋아."

"너, 너 말이야! 갑자기 무슨 소리를."

"그치만 깨달았어. 나는 멘마를 좋아하는 진땅이 좋은 거라고."

"아나루……."

"아하하. 그야 멘마가 없던 시절의 너는 촌티를 풀풀 풍기는 남자였잖아!"

"야! 누가 촌티가 난다고?"

"……깨달았어. 멘마가 있어서, 나도 너를 좋아할 수 있어. 그러니까 다시는 고민하지 않을래. ──너를 상대로, 즐겁게 짝사랑할래!"

활기찬 목소리로 선언해 놓고서, 아나루는 목까지 새빨갰다.

그 마음이 왠지 따스해서, 어깨에서 긴장이 풀리는 느낌이 들었다.

"너무…… 무리하지 마. 힘들면 내 가슴에 대고 울어."

"진짜! 유키아츠 같은 소리 하지 마!"

"어? 그런 소리를 들었어?"

"어? 그런 소리 할 것 같지 않아?"

『깡통차기, 무지 재밌더라! 멘마는 사람 찾는 재주가 있는걸. 아프리카에서 헌터가 될 수 있을 거야. 하지만 역시 숨바꼭질도 하고 싶은데. 방법 좀 찾아보자.』

비밀기지 앞에서, 다 같이 깡통차기를 한 적도 있었다.

처음에는 멘마가 "숨바꼭질 하고 싶어."라고 말을 꺼냈다. 하지만 멘마의 목소리는 다른 멤버들에게 들리지 않는다. 그래서 깡통차기를 하자고 했다.

호령하는 소리가 안 들려도, 깡통이 움직이면 멘마의 의사가 전달된다.

"유키아츠 찾았다! 깡통 밟기!"

쩔그럭. 멘마가 깡통을 밟는 소리. 하지만 누가 걸렸는지 알 수 없다.

누가 걸렸는지 확인하고자 모두가 한 차례 나를 본다.

"아마도…… 유키아츠, 같은데?"

확인 작업 때만큼은 멘마가 누구를 찾아도 불문에 붙였다.

"그렇군. 내가, 걸렸나……."

술래인 멘마한테 걸렸는데도 왠지 기쁜 눈치인 유키아츠가 웃겨서. 모두가 무심코 웃음을 터뜨리고 말았다.

"왜 그래! 나는 별로……."

"아, 유키아츠는 '별로 별 사람' 이야!"

행복한 일상. 하지만 끝이 있는 일상이다.

교환일기의 페이지가 줄어들고, 모두의 글씨가 점점 작아졌다.

멘마가 기뻐하니까, 글을 더 많이 써 주고 싶다. 하지만 페이지가 끝나는 것이—— 겁났다.

기한이 있다, 고 해도 사실은 없을지 모른다.

요전번에 있었던 '그날의 재현' 때도 틀렸으니까. 폭죽을 쏘면 멘마가 성불한다⋯⋯는 것도 꼭 그리리라는 보장이 없다.

그래도 멘마가 '환생' 하기를 원했으니까.

멘마의 바람을, 다들 알고 있었다. 멘마가 교환일기에 썼으니까.

『멘마가 다시 태어나면, 뭔가 마크를 붙이기로 했어. ∞가 좋을 것 같은데, 어떨까?』

멘마가 없을 때, 모두가 내게 '그게 무슨 소리냐.' 고 물었다. 멘마가 '다 같이 떠들고 싶다.' 고 한 것을 말하니, 모두가 하나같이 코끝이 빨개지도록 울었다. 눈물로 범벅이 된 그 얼굴이 웃겨서 힘껏 웃었더니, 어느새 나도 눈물을 흘리고 있었다.

나란 놈은 정말 못났다. 하지만 못나도 좋다. 이 녀석들 앞에서는 진심을 드러내도 된다⋯⋯. 애초에 이 녀석들도 못났다.

조금씩, 조금씩 써서 넘어가는 일기.

그래도, 아무리 노력해도, 남은 페이지는 점점 줄어들고 있었다——.

숨바꼭질

"그럼 유키아츠루코한테도 연락해 두마!"

"응. 멘마를 데리고 금방 갈게."

아르바이트가 끝나고, 나는 포포와 공사 현장에서 돌아오는 길을 걷고 있었다. 포포가 큰 솥에 소고기 사태를 넣은 카레를 만들었다고 해서 비밀기지에 모이기로 했다.

아직 오후 5시가 되기 전인데도 주위에는 벌써부터 석양의 기운이 드리웠다. 이제는 여름이 주위에서 완전히 자취를 감추고 말았다.

"앞으로 일주일이라…… 시간 참 빠르네. 그치, 진땅?"

"그러게."

"멘마의 소원을 들어주고 싶기는 한데…… 역시 로켓 폭죽이 소원이 아니었으면 하는 생각이 좀 들지?"

"……그러게."

"어때? 멘마의 마음을 다시 확인해 보지 않을래? 왜 있잖아, 요새는 멘마가 안 보여도 우리끼리 잘 지내잖아? 굳이 다시 태어나지 않아도 괜찮지 않을까?"

"음……."

나도 그런 생각이 들려는 참이다.

요새는 멘마가 정말 즐거워 보여서, 그야 다 같이 떠들거나 얼굴을 맞대고 싶겠지만. 마음이 조금 변했으면…… 하고.

그 녀석은 의외로 고집이 세니까, 어려울지도 모르지만.

"하긴, 조금…… 물어봐도 상관없겠지."

"그치? 그치? 그렇지?"

*

집에 돌아온 나는 어머니가 살아 있었을 적처럼 요새는 습관이 된 "다녀왔습니다!" 소리를 한다. 그러나 대답은 없다.

"응? 뭐야…… 자나?"

왠지 불길한 예감이 들었다.

정말로 단순한 예감이지만, 마음에 걸려서 신발을 대충 벗어던진 채 거실에 뛰어든다. "야, 멘마!" 하고 부르면서.

"어서 오세요……."

고정식 탁자난로 옆에 누운 채 힘겹게 입을 여는 멘마. 평
소와 뭔가 다르다.

"무슨 일이야, 멘마? 몸이라도 안 좋——!?"

멘마를 살핀 나는 그 자리에 딱 멈췄다.

멘마의 손이—— 투명해지고 있었다.

"메, 멘마…… 이게 무슨!?"

"헤헤…… 멘마의…… 소원이 있지. 이루어졌……나 봐."

"어……?"

"기억이 났어. 진땅의…… 엄마랑, 약속한 거."

"우리 엄마랑……!?"

＊

"환생을 생각하는 건, 즐거운 일이란다. ……하지만 있
지. 딱 하나, 마음에 걸리는 게 있구나."

메이코와 진타의 어머니. 둘밖에 없는 병실.

"뭔데?"

"진타는 울지를 않거든."

진타의 어머니는 웃는 얼굴에 살짝 그늘을 보였다.

"아마도 내가 이렇게 되어서…… 꾹 참고 지내는 거야."

"아주머니……."

"무척 많이 참게 해서…… 사실은 웃고, 화내고…… 울

었으면 하거든. 하지만 내가 떠나면…… 지금보다 더 참을 것 같구나. 더 많이, 훨씬 더 많이 참을 것 같아서……."

얼마 못 가서 떠날 것을 '결의했을 터인' 어머니가 보인, 아직 부드러운 부분.

"알았어!"

메이코는 침대에 올라타 콧구멍을 벌렁거렸다.

"멘마가 약속할게. 진땅을 무조건 울릴게!"

"후후후…… 고맙구나, 멘마."

"응!"

메이코는 새끼손가락을 내밀었다. 진타의 어머니는 진심으로 안도한 듯 웃고…… 두 사람은 새끼손가락을 걸었다.

"손가락 걸고, 약-속-!"

＊

"아……."

그게 무슨 소리야, 라고 생각했다.

내가 우는 것이, 어머니의 소원을 들어주는 것이, 멘마의 소원?

그렇다면── 그건 이미 이뤄졌잖아.

"열심히, 열심히 살아야 한다."

그렇다. 엉엉 우는 나를 가슴에 품고, 어머니는 그렇게 말했다.

　설마 이런 식으로 소원이 이뤄질 줄은, 당신께서도 몰랐으리라. 생각해 보면 그때, 어머니의 손가락은, 목소리는, 희미하게 떨리고 있었다.

　"너도 참 멍청하구나. 그것도 몰랐어? ……나는 옛날에 울었다고."

　"어……?"

　네가 죽어서. 그래서 나는 울었다.

　나를 울리는 건, 언제나 멘마, 너인걸……?

　"그……랬구나."

　멘마는 배시시 웃었다.

　"헤헤…… 진땅은, 울보……구나."

　"……멘마!"

　투명해진 손가락이…… 내 뺨을 어루만졌다. 어느덧 나는 울고 있었다.

　그리고 멘마의 팔은, 벌써 팔꿈치 언저리까지 투명해지기 시작했다.

　"이제 바이바이……할, 시간이려나……?"

　"기다려── 조금만, 기다려 줘!!"

　나는 무의식중에 멘마의 몸을 끌어안으려고 했다.

"나 혼자는 안 돼!"

이제는 멈추지 않는다. 방울방울 흘러넘치는, 눈물.

"나는, 보고 싶었어…… 줄곧, 네가 보고 싶었어!"

"진, 땅……."

"네 이름을, 부르고 싶었어! ……너한테 사과하고 싶었어. ……너한테 좋아한다고 말하고 싶었어! 하지만…… 모두 똑같았어!"

"아……."

"신부로 삼고 싶은 마음이 전부는 아니야! 모두가 너를 향해, 여러 마음을 가지고 있어! 계속, 계속, 네게 바치고 있어! ……너도 그랬잖아!? 다 같이, 떠들고 싶다고! 그래서 다시 태어나고 싶다고!"

"…………."

"그러면 나만 말고! 다른 애들한테도, 빼먹지 말고…… 작별 인사를 하고 가라고! 부탁이야……. 제발!!"

멘마의, 놀라우리만치 가벼운 몸이 가볍게 흔들렸다.

"진땅의…… 부, 탁……."

그리고…… 멘마는 안이 비치는 손을 슥 내밀었다.

그 손은 '데리고 가 달라.'고, 내게 말을 거는 것 같았다.

"하아, 하아……!"

나는 석양에 붉게 물든 다리를, 멘마를 업은 채 달리고 있었다.

등에 업힌 멘마가 점점, 점점 더 가벼워지는 것을 느낀다.

그것을 의식하기 싫어서, 정신없이 다리를 움직였다.

초평화 버스터즈 멤버들이 기다리고 있는, 그 장소로.

처음에는 태평하게 "진땅멘마, 왜 이리 늦었어!" 소리를
했지만, 내 모습을 본 아나루는 금방 낌새를 눈치챘다.

"무슨 일이야, 진땅!"

"메, 멘마가……!"

……스윽.

"어……?"

멘마의 몸을 떠받치고 있던 손이 풀린다. 그 여파로 내 몸
이 바닥에 휙 넘어갔다.

"!?"

용솟음치는 절망적인 예감. 황급히 뒤돌아본다. ——그
곳에는.

멘마가, 없었다.

"멘마! ——멘마아아아!!"

무의식중에 소리를 지르는 내게, 모두가 달려왔다.

"이봐, 진땅!"

"서, 설마. 멘마가—— 사라져, 버렸어……!?"

"아아아아아아……!!"

뱃속에서 계속해서 소리가 끓어오른다. 어쩌면 좋을지, 손톱 끝까지 근질근질할 정도로 공포가 온몸에 퍼지고——.

"진정해, 진땅!"

"진땅!"

그때, 등 뒤에서 뭔가 덜컥 소리를 냈다.

"멘마!?"

모두가 일제히 얼굴을 든다.

"멘마…… 아직, 있어!? 거기 있는 거야!?"

『……숨바꼭질이야.』

멘마의 목소리가 들려온 것 같았다.

"멘, 마……?"

"왜 그래, 진땅?"

"멘마가…… 숨바꼭질, 이래."

"숨바꼭질!?"

나는 반사적으로 내달렸다. 멘마가 하고 싶어 했던 숨바꼭질. 멘마는 숨어 있는 것이다. ——저 나무 뒤에, 저 접이의자 뒤에.

"진땅!!"

"멘마가 밖에 있어!?"

"우…… 우오오오오! 꼭 찾아주마, 멘마!"

✳

"아직, 여기…… 있는데."

비밀기지 안에는 메이코만 홀로 덩그러니 남겨져 있었다.

이제는 아무도 볼 수 없는 메이코만이.

(빼먹지 말고 작별 인사, 해 달라고…… 진땅이, 그랬어.)

모두와 작별한다.

진타의 눈에도 안 보이는 자신이, 그럴 수 있을까?

문득 시선을 내리고 보니 일기장이 보였다. 오늘 당번은 유키아츠였을 터. 메이코가 하고 싶은 말을 쓸 수 있게 일부러 챙겨서 온 것이리라.

멀리서 "멘마, 어디야! 멘마!"라고 진타가 외치는 소리가 들려온다.

"아~직이야……."

중얼거리면서, 메이코는 펜을 손에 들었다.

"작별, 인사…… 꼭 해야지."

『유키아츠, 안녕.

유키아츠의 여자 차림은 예뻤어.

유키아츠의 마음도 무척 예뻐. 딸깍핀 고마워.
노력하는 유키아츠가 정말 좋아.』

『츠루코, 안녕.
멘마의 잡담 코너, 만들어 줘서 고마워.
멘마도 다시 태어나면, 츠루코처럼 모두에게 상냥하고 싶어.
다정한 츠루코가 정말 좋아.』

『아나루, 안녕.
아나루는 성실하고, 마음씨가 따뜻해.
멘마는 아나루하고 있을 때마다 어리광을 부렸어. 미안해.
성실한 아나루가 정말 좋아.』

『포포, 안녕.
무섭게 해서 미안해. 그치만 포포가 봐 줘서
멘마는 안심했었고, 별로 아프지 않았던 것 같아.
재미있는 포포가 정말 좋아.』

글씨를 쓰는 도중에도 "멘마!", "멘마아!" 하고 자신을
부르는 모두의 목소리가 들려온다. 주르르 흘러넘치는 눈물
이 페이지 위에 물웅덩이를 만들어서 글씨가 번진다.

『진땅.

멘마는 빼먹지 않고 작별 인사 했어. 편지라서 미안해.

진땅, 초평화 버스터즈에 멘마를 끼워 줘서 고마워.

정말 좋은 일이 많으면, 슬픈 일도 많다는 걸 알았어.

그치만 역시 멘마는, 정말 좋은 일이 정말 좋아.

진땅, 정말 좋아해.』

좋다……. 모두가 정말 좋아서. 그래서 슬퍼진다.

슬프지만, 정말 좋다.

"아~직, 이야……."

조금만 더, 모두와 같이 놀고 싶었다. 계속 모두와 함께 지내고 싶었다. 하지만—— 이제는.

"다~ 숨었니~!"

"!?"

그때 메이코는 정신이 번쩍 들었다.

모두가 부르고 있다. 메이코가 안 가면 숨바꼭질이 성립 하지 않는다.

이곳으로 돌아온 메이코를, 아무도 못 보는 메이코를, 진 타는 놓치지 않고 찾아주었다. 초평화 버스터즈 멤버들이 진심으로 믿어 주었다.

(멘마가…… 가야 해.)

"다~ 숨었니~!"

"이, 이봐, 진땅!"

갑자기 리듬을 붙여 소리치는 나를, 모두가 멍하니 바라봤다. 하지만 곧바로 고개를 들었다.

"그렇구나…… 숨바꼭질이니까!"

"다~ 숨었니~!"

다 같이, 몇 번이고, 몇 번이고 소리쳤다.

멘마, 대답해 줘. 다시 한 번만. 제발——!

"……다~ 숨었어~."

바람에 흔들리는 나무처럼, 시원하고도 희미한 소리가 울려 퍼진다.

"아……!"

"멘마!!"

나무 아래에—— 당연하다는 듯이. 멘마가 척 앉아 있었다.

붉은 석양에, 가녀린 어깨가, 매끈한 다리가, 훤히 비쳐 보인다.

그 모습이 보인 것은 나만이 아니었다.

"보, 여…… 멘마가."

"멘마야⋯⋯ 멘마다아아아!!"

초평화 버스터즈의 멤버 한 사람 한 사람의 눈에, 멘마가 보이는 듯했다. 모두의 눈에, 눈물이 확 맺힌다.

"멘마!!"

모두에게 이름을 불린 멘마는, 언제나 그렇듯 배시시하고, 부드럽게 웃어 보였다.

"이럴 때는, 이름⋯⋯ 부르면 안 되는걸?"

"어⋯⋯?"

"메, 멘마⋯⋯?"

멘마가, 지금, 눈앞에 있다.

그리고 우리는 멘마를 찾아냈다.

그때, 해야 할 말은── 하나밖에 없다. 하지만.

"말해 줄래?"

"아⋯⋯."

"다 같이⋯⋯ 말해 줄래?"

멘마는 부드럽게 웃으며 모두를 바라보고 있다.

그 말을 입에 담으면 어떻게 될지⋯⋯ 알 것 같았다. 그것은 나뿐만이 아니라, 모두가 똑같았다.

"시, 싫어! ⋯⋯그거, 말하면⋯⋯ 멘마가 정말로 사라지는 거 아냐⋯⋯?"

"⋯⋯⋯⋯⋯."

멘마는 미소를 지은 채, 대답하지 않는다.

"멘마……."

"으으…… 메, 멘마아……."

모두가 흐느끼는 소리가 주위에 울린다. 멘마는 여전히 미소를 짓고 있다.

하지만 나는 알고 있었다. 너는——.

"……말해 주마."

"진땅……?"

"그 대신—— 다시는 억지로 웃지 마!!"

"!!"

"'진땅을 울릴게.'는 무슨! 너도 남 말 할 처지가 아니잖아! 울보 주제에…… 사실은 울보가 아니잖아! 언제나 너는, 남을 위해서만 운다고!"

"진, 땅……."

멘마가 눈을 동그랗게 뜨고 나를 본다.

그래, 웃지 말라고!

"언제나 남 생각만 하고…… 울라고! 이럴 때는 울란 말이야! 너는 너를 위해서 울라고!!"

"진……땅."

"울보 멘마! 남을 위해 억지로 웃지 마…… 울어! 그러면 말해 줄게. ——내가, 똑똑히 말해 주겠어!"

"…………."

스윽. 멘마의 눈에서 빛이 사라졌다. 그리고…….

"으……으에에에에에엥!!"

주르르.

멘마의 눈에서 봇물이 터지듯 눈물이 흘러넘쳤다.

"멘마……!"

그것은 언제나 그렇듯 배시시 웃는 얼굴이 아니다.

"싫어……. 멘마, 가기 싫어! 더…… 더 많이, 같이 놀고 싶어어어어어!"

눈물과 콧물이 뒤섞여 엉망진창이 된 얼굴.

"다 같이 폭죽도 만들었는데! 폭죽, 보고 싶은데……. 다 같이, 손에 손 잡고…… 다 같이, 보고 싶어……!!"

"아……!"

"그치만, 멘마는, 다 같이 손, 잡을 수 없으니까……. 그러니까, 그러니까! 멘마는 다시…… 태어날 거야! 멘마가…… 흑흑, 다 같이 손, 잡을 수 있게……!!"

멘마가 훌쩍이는 소리와 모두가 흐느끼는 소리가 기묘한 하모니를 형성해 주위 일대에 퍼진다.

이런 식으로 멘마가 우는 모습을, 나는 본 적이 없다. 다른 애들도 마찬가지였다.

어린애 같은 말투와 행동. 울보 멘마.

하지만 언제나 가장 어른이었던 멘마.

그 멘마가―― 지금, 울고 있다.

그 시절보다 훨씬 어린애가 되어서, 흐느껴 울고 있다.

"진땅……! 멘마! 울었어!"

"응…….."

"진땅…… 울었어! 울었어, 멘마! 모두를 위해서 울지 않고…… 멘마 때문에, 울었어! 그러니까…… 멘마는……!!"

새빨개진 눈으로, 멘마는 나를 노려보듯 바라봤다.

"……응, 응!"

이제는 망설이지 않는다.

나는 초평화 버스터즈 멤버들을 돌아봤다. 다들 눈물 때문에 한심한 얼굴을 했지만, 고개를 확실히 끄덕여 주었다.

석양에 비친, 멘마. 흐릿해지는 몸.

만약 이 공기에, 멘마가 녹아들었다면―― 한껏, 전부 내것으로 만들 것처럼 숨을 들이마셨다. 그리고…….

"하나―― 둘!!"

"――멘마, 찾았다!"

정적이 찾아온다.

훌쩍이던 멘마는…… 마침내 배시시 얼굴을 일그러뜨렸다.

우리를 위해서, 웃는 얼굴을 보이려 한 것이리라. 하지만 그것은 정말로 서툴러서.

"들켰……네……."

석양이 멘마를, 우리를 비추고…….

멘마가, 사라졌다.

그 여름에 핀 꽃

나는 교환일기를 쓰고 있었다.

그날 이후로, 초평화 버스터즈가 모이는 일은 한 번도 없었다. 포포조차도 연락을 주지 않았다.

그날, 비밀기지로 돌아온 우리는 교환일기에 적힌 멘마의 메시지를 읽었다. 어딘가의 회로가 망가진 것처럼 울고, 우리는 입을 다물었다. 섣불리 뭔가 말했다간 가까스로 남아 있는 멘마의 기운까지 내몰고 말 것 같아서.

하지만 포포만이 불쑥 중얼거렸다.

"진땅은, 치사해."

"어?"

"나는 말하지 못했다고…… 멘마한테, 좋아한다고."

멘마는 모두에게 빼먹지 않고 작별 인사를 해 주었다.

내 부탁을, 들어주었다.

나는 교환일기를 쓴다.

멘마가 내게 '일기를 꼭 쓰라고' 했기 때문이다. 좌우지간 써서 유키아츠에게 넘긴다. 그 뒤에 유키아츠가 어떻게 하든 상관없다.

『오늘은 로켓 폭죽을 쏘는 날이다.

이제는 다들 잊었을지도 모른다. 폭죽 만드는 아저씨한테는 연락해 뒀다. 나는 갈 것이다. 폭죽을 쏘아 올릴 것이다.

멘마의 소원은, 사실 뭐였을까?

미안해. 말하지 못했어. 그 이전에 말할 타이밍이 없었지만, 멘마의 소원은 내가 우는 거였다나 봐. 우리 엄마랑 약속했대.

하지만 뭔가 다른 것 같아. 그게 아닌 것 같아.

나는 멘마에게 묻고 싶어.

'네 소원은 뭐였어?'

그걸 내가 죽을 때의 소원으로 삼을까 해.

그 소원을 계속 빌고 있으면, 언젠가 내가 죽었을 때, 다시 태어난 멘마가 있는 곳으로 갈 수 있을 것 같아서.

'내 소원을 들어줘.' 라고 할 수 있을 것 같아서.

그렇게 하면 멘마를 다시 만날 수 있어.

황당한 소리 같지? 하지만 진심이야.

너희도 죽으면 나한테 와. 그리고 뭔가 소원을 말해.

그러면 나머지 애들을 모을 테니까. 다 같이 소원을 이루어 주자.

그렇게 해서 언제까지고, 초평화 버스터즈가 이어졌으면 해.」

*

폭죽을 쏘기로 한 아저씨네 뒷산에 간다.

사실은 멘마와 함께 이 길을 걸었어야 했는데…… 같은 생각을 하면서. 그리고 초평화 버스터즈 멤버들이 모두 기다리고 있는 거다.

포포는 완전히 울상을 했을지도. 그래도 코를 훌쩍이면서 억지로 활기차게 '진땅, 왜 이리 늦어!' 라고——.

"진땅, 왜 이리 늦어!!"

움찔. 고개를 든다.

눈앞에는 초평화 버스터즈의 모두가 웃는 얼굴로 있었다.

"너희는…… 왜……."

"왜고 자시고 있겠어! 폭죽을 쏘는 날이잖아!"

"그, 그렇지만 연락도 주고받지 않았는데……."

"응. 그치만…… 그냥 와 봤어."

"맞아, 맞아. 그냥 와 봤는데. 그랬더니 애들이 있더라고!"

유키아츠는 씩 웃었다.

"일단 아저씨한테 연락해 봤는데…… 진땅이 전화했다고 하더군. 역시나 리더, 라고 할까."

"아……!"

그때, 아저씨가 말을 걸었다.

"좋아, 다 모였냐!? 슬슬 올려 보자꾸나!"

"네!!"

조립된 발사대에 로켓 폭죽을 세팅한다. 한없이 맑은 가을 하늘에 우뚝 선 로켓. 마치 일종의 기념비 같다.

아저씨가 라이터를 들고 발사대로 다가간다.

이제 멘마는 없다. ……없을 텐데도, 옆에 멘마가 있는 기분이 든다. 기대와 불안으로 눈을 반짝이고서. 우리의 주위를 타다다다 뛰어다니면서…….

"불 붙이마!"

아저씨가 소리치고, 도화선에 불이 접근한다.

그 순간—— 포포가 후다닥 몇 발짝 앞으로 나섰다.

"멘마! 여러모로, 고맙다……."

그리고 콧물을 훌쩍 빨아들이고, 외친다.

"나는! 멘마가, 정말 좋다아아아!!"

포포의 외침에 반응해서, 츠루코도, 아나루도, 유키아츠
도 앞으로 나선다.

"나도…… 좋아해! 멘마! 사랑해!"

"좋아해, 멘마!!"

"나도—— 영원히, 영원히, 멘마를 좋아한다!!"

"너희……."

멘마가 준 메시지. 전하지 못한 '좋아한다'는 말.

그 마음을 로켓에 실어서—— 하늘에 있는 멘마에게 전
한다.

"좋아해, 멘마——!!"

우리가 소리를 지르자, 아저씨가 입을 쩍 벌린다.

"어, 어이어이, 불 붙여도 되겠냐……?"

"부탁합니다!"

우리는 입을 모아 머리를 숙였다.

불이 도화선을 따라 이동한다. ──퍼엉!

폭죽은 하늘 중간에서 폭발하고, 색채가 선명한 천과 연기가 허공에서 춤춘다.

폭죽이 올라간 순간, 우리는 누가 먼저랄 것도 없이 손에 손을 잡고 있었다.

다섯이서, 단단히 연결하고서.

나는 오른손으로 츠루코의 손을 잡고, 빈 왼손을…… 멘마와 연결하듯 살짝 아래로 내밀었다.

하늘에서 하늘하늘 떨어지는 알록달록한 천.

그중 하나를, 우리는 알아차렸다. 그것은 과거에 다 같이 폭죽을 만들었던 날── 멘마가 자른, 꽃 모양을 한 천이었다.

　　　　　　　　＊

　아직, 우리가 모르는 사실이 있다.

　그리고 또한, 우리가 비밀기지에 다니고 좀 지나서야 깨
달은 사실이 있다.

　그것은 기둥에 새겨진 '초평화 버스터즈'의 옆에. 멘마가
작게, 작게 새긴, 아주 새로운 글씨.

　『초평화 버스터즈는 ∞ 영원한 친구』

　　　　　　　　　　　　　　　　《END》

그날 본 꽃의 이름을 우린 아직 모른다 | 下

2015년 07월 10일 제1판 인쇄
2019년 03월 25일 4쇄 발행

지음 오카다 마리 | **일러스트** 타나카 마사요시 | **옮김** 엄태진

펴낸이 임광순 | **제작 디자인팀장** 오태철
편집1팀 황건수 · 신채윤 · 이병건 · 이홍재 · 김호민
편집2팀 유승애 · 이민재 · 이보람
디자인팀 한혜빈 · 김태원 | **국제팀** 노석진 · 엄태진

펴낸곳 영상출판미디어(주)
등록번호 제 2002-000003호
주소 21311 인천광역시 부평구 평천로 132 (청천동)
전화 032-505-2973(代) | **FAX** 032-505-2982

ISBN 979-11-319-3313-8
ISBN 979-11-319-3311-4 (세트)

노블엔진 POP(NOVEL ENGINE POP)은 영상출판미디어(주)의 대중소설 브랜드입니다.

Can you believe that there is the devil in the world?
넌 이 세상에 악마가 있다는 걸 믿나?

인간이었던 악마의 삶을 그린 서스펜스 하드보일드

이웃은 한밤중에 피아노를 친다 1

마주친 남자는 악마였다. 그가 내게 말했다. 원하는 것을 이루어주겠노라고——.

한 명의 남자가 살해당했다. '악마'라고 지명된 그 남자의 죽음을 조사하기 위해 어느 도시로 파견된 버드. 동료 리치와 함께 불가사의한 살인사건에 관여하게 되면서, 그들은 준비된 함정으로 빠져든다.

악마에게 홀린 권력자, 악마와 연관된 여자, 악마를 사냥하는 조직…….

인간사회에 들러붙어 '이웃'으로 살아가는 악마들에게는 엄격한 룰이 있었다. 계약으로 속박되었지만, 원래는 인간이었던 악마의 삶을 그린 서스펜스 하드보일드.

쿠가 본초 지음 /이와모토 에이리 일러스트 /이원명 옮김
문학으로 탐닉하는 엔터테인먼트

일본 현지 Q시리즈 총 판매부수 430만 부 돌파!
2014년 BOOK☆WALKER 문예대상 1위

방대한 지식으로 풀어내는 신감각 미스터리

만능감정사 Q의 사건수첩 10

린다 리코는 3년 전의 일을 떠올렸다.
'만능감정사 Q'를 개업했지만 사람을 의심할 줄 모르는 순진한 그녀는 연달아 사기를 당하고, 참담한 경영 상태에 빠진다. 그런 리코를 보다 못한 은인 세토우치 리쿠가 그녀에게 비장의 사고법을 가르쳐준다. 그것은 리코의 지성을 비약적으로 향상시키고 엄청난 추리력을 획득하게 만드는 중요한 열쇠였는데…….
리코가 수많은 난제를 해결할 만큼 총명해진 계기. 지금 그 전모가 밝혀진다!
오리지널 장편 'Q 시리즈' 제10탄!

미모와 지혜와 지성을 겸비한 린다 리코의 성장 스토리.
리코가 똑똑해진 계기는!?

©Keisuke MATSUOKA 2011
カバーイラスト / 清原紘
KADOKAWA CORPORATION, Tokyo.

마츠오카 케이스케 지음 / 주원일 옮김
문학으로 탐닉하는 엔터테인먼트

제22회 요코미조 세이시 미스터리 대상 수상자
하츠노 세이의 인기 시리즈
연작단편추리소설 "하루치카"시리즈 제3탄!

일상을 무대로 한 청춘 미스터리

공상 오르간

호무라 치카는 동경하는 쿠사카베 선생의 지도 아래 취주악의 '고시엔'인 보문관을 꿈꾸는 고등학교 2학년이다.

마찬가지로 선생을 동경하는 소꿉친구 카미조 하루타와 사랑의 삼각관계에 빠져 고민하는 나날 속에서, 어느덧 코앞으로 다가온 여름 대회. 그런 가운데 왠지 모르게 낌새가 이상한 하루타가 성가신 사건을 들고 오는데……!?

각양각색의 일상의 수수께끼에 두뇌 명석&딱한 스타일의 미소년 하루타와 기운 팔팔 소녀 치카가 맞선다!

계속되는 사건 속에서 드디어 전국대회 출전을 위한 지역 예선 대회가 시작됐다!

ⒸSei HATSUNO 2010, 2012
Illustration by Yoko TANJI
KADOKAWA CORPORATION, Tokyo.

하츠노 세이 지음/탄지 요코 일러스트/송덕영 옮김
문학으로 탐닉하는 엔터테인먼트

언제나 밝고 경쾌한 미스터리로 채색되던 매일.
그 시절의 우리는 아직 아무것도 모르는 17세였다.

현대판 로미오와 줄리엣의 잔혹하고 덧없는 사랑 이야기

노블 칠드런의 잔혹

미나미 고등학교에 다니는, 오래된 가문의 후계자 '마이바라 토키'는 딱 하나 비어있는 부실을 손에 넣기 위해 「연극부」로 가장하여 개설 준비를 진행하고 있었다.

그런데 대립하는 일족의 딸, '치자쿠라 미도리하'도 「보건부」의 개설을 계획하고, 두 사람은 부실 쟁탈전이 발단되어 기묘한 추리 대결을 벌이게 된다.

반목 끝에 시작된 교류는 이윽고 두 사람의 마음을 부드럽게 녹여주지만…….

밝고 경쾌한 미스터리로 채색된 현대판 로미오와 줄리엣에게 내려온 아름답고 덧없는 사랑 이야기.

아야사키 슌 지음 / 와카마츠 카오리 일러스트 / 이경인 옮김
문학으로 탐닉하는 엔터테인먼트

노자키 마도가 보내는 회심의 미스터리 노벨.
다시 말해 '노벨 미스터리' 등장.

소설가를 만드는 법

"소설을 쓰는 방법을 알려주실 수 있을까요? 저한테 이 세계에서 가장 재미있는 소설에 대한 아이디어가 번뜩였습니다."

신출내기 작가 모노미에게 처음으로 온 팬레터. 그건 소설을 쓰는 법을 배우고 싶다는 의뢰였다. 약속 장소인 기묘한 찻집에서 기다리고 있던 인물은 세상 물정에 어둡고 왠지 어긋나 있는 여성 무라사키. 팬레터를 제외하고 단 한 번도 문장을 적은 적이 없다고 하는 무라사키에게 모노미는 '소설을 쓰는 법'을 지도하는데…….

『[映]암리타』『퍼펙트 프렌드』『가면을 쓴 소녀』『죽지 않는 학생 살인사건』의 저자 '노자키 마도'가 풀어내는 또 하나의 미스터리!

노자키 마도 지음 /Renian 일러스트/구자용 옮김
문학으로 탐닉하는 엔터테인먼트

어쩔 수 없는 나에게,
키네마의 천사가 내려앉았다!

소녀 키네마

♥

삼수 끝에 중견 도련님 사립대학에 입학한 토쿠라 카즈나리, 20세.
어느 날 밤, 지어진지 100년 된 여자 출입 금지의 하숙집 다락방에서 세일러복 차림의 미소녀가 기어 나왔다. 그녀, 쿠로사카 사치의 외모와 행동은 멸종위기종 요조숙녀 그 자체! 그날부터 토쿠라의 생활이 급변한다.
영화 촬영 도중 의문사를 당한 영화 천재 사이조 키미히코. 토쿠라는 그 사고의 진상을 밝히는 사명이 있었는데…….
사치 그리고 친구들과의 만남으로 사이조의 미완성 영화와 마주하게 된 토쿠라의 폭주와 폭상(暴想)이 향하는 곳. 수수께끼가 수수께끼를 부르고, 오락가락하는 진실 속에서 마침내 하나의 기적과 만난다!

영화와 소녀와 청춘.
열광과 폭주가 멈추지 않는 신감각 미스터리!

니노마에 하지메 지음／나마니쿠ATK 일러스트／주원일 옮김
문학으로 탐닉하는 엔터테인먼트